T0278448

EL NIÑO DE ORO

IMPEDIMENTA NARRATIVA, 285

PENELOPE FITZGERALD
EL NIÑO DE ORO

Traducción del inglés de Miguel Temprano García

IMPEDIMENTA

Título original: *The Golden Child*
Primera edición en Impedimenta: abril de 2024

Copyright © Penelope Fitzgerald, 1994, 1997, 2004, 2014
Copyright de la traducción © Miguel Temprano García, 2024
Imagen de cubierta: Pilares de Isis de *Histoire de l'art égyptien* (1878), de Émile Prisse d'Avennes.
Original de la Biblioteca Pública de Nueva York.
Copyright de la presente edición © Editorial Impedimenta, 2024
Juan Álvarez Mendizábal, 27. 28008 Madrid

http://www.impedimenta.es

ISBN: 978-84-19581-39-6
Depósito Legal: M-920-2024
IBIC: FA

Impresión y encuadernación: Kadmos
P. I. El Tormes. Río Ubierna 12-14. 37003 Salamanca

Impreso en España

Impreso en papel 100% procedente de bosques gestionados de acuerdo con criterios de
sostenibilidad.

Cualquier forma de reproducción, distribución, comunicación pública o transformación de
esta obra solo puede ser realizada con autorización de sus titulares, salvo excepción prevista
por la ley. Diríjase a CEDRO (Centro Español de Derechos Reprográficos, www.cedro.org) si
necesita fotocopiar o escanear algún fragmento de esta obra.

Para Desmond

1

El gigantesco edificio aguardaba como decidido a defenderse, a una distancia prudencial de su enorme patio bajo un gélido cielo de enero, sin color, sin nubes, sin hojas y sin palomas. El patio estaba abarrotado de gente. Un ruido contenido se elevaba de la muchedumbre, como el rechinar del mar cuando cambia la marea. Hacían pequeños avances, luego retrocedían, pero siempre ganaban unos centímetros. En el interior del edificio, el Director Delegado (de Seguridad) revisaba la disposición de sus tropas. Hasta entonces, las tareas que conducían a felicitaciones y horas extras siempre se habían asignado por antigüedad, como algunos de los mayores señalaban ahora por centésima vez, mascullando malhumorados que ellos ya no estaban para esos trotes.

—En esta ocasión puede que tengamos que recurrir a la fuerza —repitió con paciencia el DD(S)—. Y a la experiencia, claro —añadió en tono conciliador. Miró de reojo el enorme reloj de bronce del atrio, que tenía la peculiaridad de esperar para luego saltar hacia delante un minuto entero, y esta peculiaridad hacía imposible no decir: «Faltan tres minutos, faltan dos minutos»—. Faltan tres minutos —dijo el DD(S)—. Entiendo que todos lo tenemos claro. Accidentes leves, desmayos, tropezones: los puestos de primeros auxilios están indicados en las órdenes del día; si hay quejas, sean comprensivos; si hay desórdenes, conténganlos; si aumentan los desórdenes, pónganse directamente en contacto con mi oficina; si los desórdenes son excesivos, con la policía, aunque convendría evitarlo. Las barreras de contención deben estar en su sitio en todo momento. Nada de demoras.

—A sir William no le parece bien —dijo una voz triste y decidida.

—No consigo explicarme su presencia aquí, Jones. Se le ha asignado su puesto, que está, como siempre, en los almacenes. El punto verdaderamente peligroso es el acceso a la tumba —añadió en voz más alta—, eso ya se ha acordado con usted y con los de arriba.

La manecilla de bronce saltó el último minuto, tanto dentro como en la fachada exterior del edificio, y, con el majestuoso movimiento de un desastre natural, la ola de seres humanos inundó los escalones y entró en el vestíbulo. El primer día abierto al público de la exposición invernal del Niño de Oro había empezado.

Era el temido día de la visita de los colegios. Habían dividido los patios con los carteles oscuros y brillantes que anunciaban la Exposición. En cada cartel había una representación, al estilo de Maurice Denis, del Niño de Oro y de la Madeja de Oro, con letra muy elaborada, y la promesa de entradas rebajadas para los muy ancianos y los muy jóvenes. Las colas avanzaban sinuosas, como una horda de bárbaros, entre esos carteles dorados: cinco o seis mil niños, la mayoría vestidos con chaquetitas de plástico y pantalones azules de algodón que en otra época solo se consideraban apropiados para campesinos chinos oprimidos. Se habían comido hacía mucho los bocadillos pensados para varias horas más tarde y ahora estaban medio inconscientes por el frío, bajo el relativo control de maestros entumecidos, insistentes, resueltos, decididos a ver y a haber visto. Como los peregrinos de antaño, para lograr la salvación debían llegar al final del viaje.

En un lugar del patio una leve voluta de humo o de vapor, como la de un fuego de campamento, se alzaba sobre la nube de aliento del enjambre de niños con la nariz roja y azulada. Era la cocina de campaña del Servicio Femenino de Voluntarias, con teteras llenas de agua hirviendo, estratégicamente colocadas para ayudar a aquellos que, de no ser por ellas, podrían desmayarse antes de alcanzar las escaleras. Al llegar allí todos se detenían un momento, bebían un poco de té —endulzado antes de que nadie pudiese elegir cómo lo quería—, tiraban los vasos de plástico en el suelo helado y luego avanzaban sobre lo que enseguida se convirtió en una alfombra de vasos de plástico, soplándose las manos rígidas para pasar las páginas del catálogo que ya se sabían de memoria.

Esos heroicos y sufridos miles no eran ignorantes. Al contrario, estaban muy bien informados, hacía meses que lo estaban, sobre la naturaleza y el contenido del Tesoro ante el que desfilarían ese día, durante unos treinta minutos.

La vida de los garamantes no se parecía mucho a la de hoy porque vivían en África en el 449 a. C. Eso lo dice (HERÓDOTO). Cambiaban oro por sal. Eso lo dice (HERÓDOTO). Tenían oro y otros pueblos tenían sal, al contrario de lo que pasa hoy en Inglaterra. Enterraban a sus reyes en cuevas en las rocas. Así que las cuevas eran (TUMBAS). Si el rey era un niño pequeño lo enterraban en una cueva pequeña. Cubrían el cadáver de oro. Tenía una madeja de (CORDEL) dorado para encontrar el camino de vuelta del mundo subterráneo. Que era difícil, como orientarse en el metro de Londres. Un cordel es como una cuerda, pero los garamantes usaban palabras diferentes porque vivían en África en el 944 a. C. Cuando hablaban era como el grito agudo de un murciélago. Bueno, yo nunca he oído gritar a un murciélago, pero es un Chillido Débil. Al lado del niño ponían también Juguetes de Oro para que pudiera jugar después de la muerte, porque no podía tener las cosas normales como bicicletas, helicópteros, etcétera... que tenemos hoy. Acabaré aquí porque el profesor nos ha pedido que le devolvamos el (CATÁLOGO).

El de arriba, uno de los muchos trabajos que sus diligentes autores llevaron a la fuente del conocimiento, era bastante exacto. Heródoto nos cuenta de los garamantes que vivían en el interior de África, cerca de los oasis en el corazón del Sáhara, y que «su lengua no se parece en nada a la de ninguna otra nación, pues es como el chillido de los murciélagos» *(nykterídes)*. Dos veces al año, cuando las caravanas de sal llegaban del norte, su costumbre era acercarse sin ser vistos y dejar oro a cambio de la sal que tanto ansiaban; si no era aceptado, dejaban más oro por la noche, pero siempre sin dejarse ver.

Secaban los cadáveres de sus reyes muertos al sol y los enterraban en ataúdes de la valiosa sal, endurecida al aire hasta convertirse en un material duro como la roca y pintada para que se pareciese a las personas que había dentro; pero el cadáver mismo se cubría con láminas de oro, que no se corrompe, y, como los garamantes pensaban que los muertos querrían regresar a menudo, aunque no siempre pudieran, los enterraban con una madeja de hilo de oro fino para que la enrollaran y desenrollaran en su viaje hacia lo invisible.

Los niños también sabían que el Tesoro Dorado de los garamantes había sido redescubierto en 1913 por sir William Simpkin, entonces un hombre joven y, a todas luces, considerablemente más afortunado que los arqueólogos actuales.

Sir William Livingstone Simpkin era hijo de un (INGENIERO DE MANTENIMIENTO), que en aquel entonces se llamaba fogonero de almacén. Vivían al lado de los antiguos muelles de las Indias Orientales. Le pusieron ese nombre por un explorador. Hay quien dice que los nombres influyen en nuestro destino. No fue mucho al colegio y ayudaba en el almacén descargando las cajas de embalado, más o menos como hacemos nosotros en los trabajos de fin de semana. Bueno, pues había una caja de embalado que tenía dentro teselas de (LAQUIS), que es un sitio que sale en la Biblia. Bueno, pues todas estas teselas se las habían enviado a un gran (ARQUEÓLOGO), sir Flinders Petrie. Que se interesó amablemente por él. Podrías formarte un poco en la Universidad de Londres, dijo. Así entenderías lo que dice en las teselas. Así fue como empezó a trabajar en esto. Por desgracia, su mujer está muerta.

Sir William, a una edad avanzada pero con la cabeza muy clara, había vuelto al Museo después de una vida de trabajo de campo. El vasto edificio había sido construido de modo que no se pudiese ver nada a través de ninguna de las ventanas; de lo contrario, podría haberse vislumbrado la pequeña, anciana y escuálida figura con grandes bigotes blancos como los de sir Edward Elgar sentada a un escritorio en el cuarto piso, pasando tranquilamente las páginas de un libro. Lo habrían reconocido, aunque habían pasado ya muchos años desde su última aparición en televisión, pues aquella aparición ya formaba parte de la mitología popular. Sus dedos ancianos y casi transparentes se posaban sobre fotografías de color sepia, cartas y recortes de periódicos que se deshacían por los bordes convirtiéndose en polvo.

Sir William jugaba a burlar al tiempo pasando las páginas al azar. Aquí, en la sección de junio de 1913, estaba Al Moussa, el Primer Ministro, a quien habían convencido de que le permitiera examinar las tumbas, con la condición de que después volviesen a sellarse para siempre. Al Moussa sonreía nervioso, con chaqué y muchas medallas; no había durado mucho. Aquí, en la página siguiente, armados con viejos y mortíferos rifles, estaba el grupo de feroces kurdos, expulsados de Turquía, que habían protegido la expedición por el desierto, harapientos y leales a su señor; todo fue bien hasta el regreso a Trípoli, cuando los kurdos, que llevaban muchos meses sin ver a sus mujeres, se lanzaron directos al barrio de los burdeles, y su cargamento de notas y medidas científicas quedó desperdigado al viento.

—¡Pobres diablos! —murmuró sir William.

Volvió, solo un momento, pues no era nada vanidoso, a la fotografía oficial del redescubrimiento de la tumba. Qué joven salía; visto ahora parecía un exiguo montón de colada, con esa ropa blanca para el trópico, señalando hacia la entrada borrosa y en sombras.

—Disculpe, sir William, he pensado que querría usted ver esto.

Quien había irrumpido en la sala era el Delegado de Seguridad, que devolvió con torpeza al anciano del pasado al presente y puso un papel amarillo y brillante, un folleto, sobre el álbum de fotografías abierto.

EL ORO ES INMUNDO
LA INMUNDICIA ES SANGRE

¿Es usted consciente de que hay gente que le está Manipulando por su Propio Interés y que se está asegurando de que

Millones como usted vayan a la Exposición a pesar de que está Maldita? En las Sagradas Escrituras se alude varias veces a este Supuesto Tesoro, que lleva sesenta años oculto de la Vista de los Mortales, y en ellas se nos dice que «contemplar el Oro es Cuerpo de la Muerte». Cuando el Tesoro llegó a nuestra tierra, los Estibadores y los Transportistas no pudieron trasladarlo por Orden de sus Sindicatos elegidos democráticamente. ¿Por Qué? La Verdad es que aquellos que contemplan la Exposición están condenados, y para colmo pagan 50 peniques. Conozca la Verdad, y la Verdad le Ahorrará 50 peniques.

EL ORO ES MUERTE

—¿De dónde ha salido? —preguntó sir William, que siempre se mostraba comprensivo ante una preocupación sincera, por molesta que pudiera ser.

—Es como si hubieran caído del cielo a cientos sobre las colas de la entrada. Hace un momento no había nada, y de repente había folletos por todas partes, mirases donde mirases. Todo el mundo los está leyendo, señor.

Sir William le dio la vuelta al papel amarillo con los dedos viejos y finos.

—¿Alguna alteración del orden?

—Bueno, un maestro se ha desmayado, se ha golpeado con las escaleras y ha sangrado bastante, los de primeros auxilios dicen que por la nariz, pero toda la sangre parece igual si no has visto sangre nunca.

—¿Y qué quiere que haga yo?

—Esa es la cuestión, he venido a pedirle... Acepto que no quiera usted bajar en persona...

—¿Ha insinuado alguien que debería? No habrá sido sir John, ¿verdad?

—No, señor, no ha sido el Director. Ha sido Relaciones Públicas. Pero si no quiere usted molestarse... Si pudiera hacer una declaración clara... Quiero decir, como la única verdadera autoridad... Algo que pudiésemos emitir por megafonía... Algo sobre el Tesoro y todo ese asunto de la Maldición...

Parecía que sir William se lo estaba pensando.

—Supongo que podría —dijo—, aunque no sé si les servirá de mucho. En primer lugar, puede usted decirles, con mi permiso, que a cada niño que recoja cincuenta de estos documentos y los deposite en los cubos de basura dispuestos a tal efecto se le dará un billete de una libra.

—Tendré que conseguir la aprobación de Gastos —dijo angustiado el Delegado de Seguridad.

—Lo pagaré de mi bolsillo —replicó con calma sir William—, pero, respecto a eso que han llamado la Maldición, querría que añadiese usted lo siguiente: todo lo que crece de manera natural de la tierra tiene sus propias virtudes y su propio valor curativo. Por otro lado, todo lo que está oculto en la tierra y es sacado a la luz del día por los seres humanos lleva consigo cierto peligro, tal vez peligro de muerte.

El Delegado lo escuchaba muy quieto, rígido por la atención y el desánimo.

—No suena muy tranquilizador, sir William.

—No estoy muy tranquilo —replicó el anciano.

Sir William tenía una especie de equivalente de la banda de kurdos feroces desaparecidos hace tanto tiempo: un robusto y canoso funcionario del Museo con los pies planos llamado Jones, que, en teoría, formaba parte del personal de los almacenes o del guardarropa, pero en la práctica actuaba como una especie de criado del anciano. El consenso era que, para no contrariar a sir William, «no quedaba más remedio que aceptar lo de Jones». Lo cual era una fuente de molestias para Recursos Humanos, Superintendencia y Contabilidad, pero sir John Allison, el mismísimo Director, les había pedido paciencia: ya solo podían ser unos años más.

Sir William estaba agradecido a sir John por esta concesión. Creaba una especie de vínculo entre la asombrosa, temible y sonriente mezcla de funcionario y erudito —que había ascendido callada e inevitablemente, aunque muy pronto (tenía cuarenta y cinco años), a lo más alto de la estructura del Museo— y el anciano rufián que seguía en un rincón de la cuarta planta. Evidentemente, sin su consentimiento, sir William, cuyo trabajo no estaba muy claro, no podría estar allí, pero hay que reconocer (porque lo sabía todo el mundo) que había otra razón que explicaba el cuidado y la protección de sir John y tenía su origen en la crucial cuestión del dinero.

Sir William no ocultaba sus intenciones de legar una gran parte de su fortuna —acumulada Dios sabe cómo e invertida Dios sabe dónde— al Director, para que la gastara como creyese conveniente en la mejora del Museo. Esto, a su vez, se traduciría en un enorme aumento de las colecciones de porcelana francesa, plata y muebles del Museo, el centro de la vida profesional de sir John —sabía más de eso que nadie en el mundo— y también el centro de su vida emocional, pues ambas venían a ser lo mismo.

Sir John había ido a hacerle una breve visita a sir William, y había subido en persona a la cuarta planta en su ascensor privado, pues el anciano debía andar lo menos posible. Sir William había pedido verlo porque estaba profundamente preocupado por la situación de los niños y los profesores congelados, que ahora empezaban a descongelarse y humear a medida que se acercaban al refugio de la entrada.

—Yo lo pasé mal para encontrar estos objetos —murmuró—, pero Dios sabe si padecí tanto como esta gente que paga por verlos.

Sir John se preguntó qué sabría el anciano de todo aquello, pues se había negado de forma taxativa a ir a ver el Tesoro cuando llegó a visitar la Exposición.

Sir William le leyó el pensamiento sin dificultad.

—Cuando uno lleva tanto tiempo en esto como yo, John, no hace falta salir a buscar información: la información te busca a ti.

El Director sacó del bolsillo algo exquisito: un caja en cuyo interior había un minúsculo pero valiosísimo icono cretense, un santo con la túnica enjoyada que estaba resucitando a un muerto.

—La caja se hizo a propósito, claro. Recuerda al del Prado, pero creo que a ellos se lo robaron.

Los dos hombres se inclinaron, absolutamente unidos y, por un instante, suspendidos en el tiempo y el espacio por su admiración de algo bello.

—¿Ha tomado usted café? —preguntó el Director, cerrando la cajita.

—Bueno, supongo que Jones lo habrá traído.

—¿Dónde está su secretaria, la señorita Vartarian?

—Oh, Dousha tiene que entrar tarde últimamente, es comprensible. Basta con verla para darse cuenta.

—Debería estar aquí. ¿No habrá olvidado usted que hoy es el día de la prensa? Luego traeremos a ese francés, el antropólogo, para que lo conozca. Y también está el garamantólogo, creo que es alemán, aunque los esfuerzos combinados de todo el personal no han bastado para descubrir de dónde es en realidad... Digo el profesor Untermensch.

Sir William miró al Director como una vieja tortuga.

—Lo sé, John, y tampoco se me olvida que voy a recibir una visita de tu subordinado del Departamento de Arte Funerario, Hawthorne-Mannering.

—Solo quiere ayudar —dijo el Director.

—Tonterías —replicó sir William—, pero que venga, que vengan todos. Creo que podré olvidar lo suficiente para contentarlos.

Sir William tenía uno de sus días difíciles, aunque sin duda no era una persona más difícil que cualquier otra. El Museo, en teoría un lugar digno y ordenado, un gran santuario para las creaciones más selectas del espíritu humano, era, para quienes trabajaban en él, una bronca constante, tosca y despiadada. Incluso en el silencio más absoluto se notaban los feroces esfuerzos del cultísimo personal por trepar la estrecha escalera de los ascensos. Había muy poco margen, y los de arriba, como los propios objetos expuestos, parecían conservarse mucho tiempo. El Director era un modelo de éxito laboral, pero ahora tenía una reunión, a petición de ellos, no suya, con dos de los Conservadores del departamento que llevaban esperando un ascenso desde mucho antes de que él llegara y que lo miraban con unos celos crueles como la tumba.

Sir John era inmune a la necesidad de agradar. Bajó un piso en su ascensor privado. Un gesto con la cabeza de su inestimable secretaria personal, la señorita Rank, le indicó que la odiosa pareja debía de haber llegado ya, y que, como correspondía a su rango, los había hecho pasar a su despacho.

El Director ocupó su sitio detrás del escritorio de palo rosa, la belleza de cuyo taraceado lo hacía digno de la Colección Wallace. De hecho, pertenecía a la Wallace, y una de las pocas debilidades de sir John quedaba en evidencia por lo mucho que estaba tardando en devolverla después de una exposición en préstamo. Los dos Conservadores que tenía delante, totalmente insensibles al brillo delicado y afrutado de la madera pulida, eran de Tejidos y Textiles y de Cerámica sin Esmaltar. Estaban sentados muy juntos, como dos conspiradores.

—Llego unos minutos tarde, tendrán que perdonarme...

—Es solo, como sabrá, a propósito del legado de sir William. Al parecer, no se espera que dure mucho más.

El Director miró sus rostros cadavéricos. ¿Y ellos cuánto esperaban durar? Pero había que reconocer que eran indestructibles. Estaban allí cuando él llegó. Y seguirían allí cuando se fuese.

Cerámica sin Esmaltar dio unos golpecitos amenazadores sobre el reluciente escritorio.

—Entendemos que el legado, que por lo visto será muy considerable, se repartirá de manera equitativa entre los departamentos. Normalmente sería responsabilidad de los fideicomisarios, pero como tiene que administrarlo usted en persona…

—Circula el rumor…, podría decirse que es algo más que eso…, de que el gasto se concentrará solo en una de las colecciones del Museo…

—… un rumor que circula entre los marchantes y las compañías de inversión en arte…

—… nosotros, por supuesto, no le hemos dado crédito…

—… pero pensamos que tal vez esté demasiado ocupado para reparar en la sorpresa y la decepción que ha causado el hecho de que no haya formado una comisión…

—… una pequeña comisión rectora, de la que ambos estamos dispuestos a formar parte…

—… para asegurarnos de que se consideran, dentro de lo posible, las necesidades de todos los departamentos…

Sir John los miró con una inquebrantable cortesía. Los veía como a un par de viejos faquires, uno sentado en una pila de harapos y el otro en un montón de macetas y cerámicas rotas. Decidió con más certeza que nunca que hasta el último penique que pudiese conseguir el Museo iría a los soberbios artefactos del *dix-septième*.

El Conservador de Tejidos y Textiles indicó una gruesa pila de papeles mecanografiados.

—He preparado una especie de recordatorio, indicando las adquisiciones que podrían hacerse en un futuro cercano, o incluso reservarse ahora… Hay, en particular, una alfombra de seda de Kashan, anudada en 1856… Un ejemplo importante de… Un momento favorable… Información de Beirut… Muchos coleccionistas libaneses se están deshaciendo de…

—Excelente —dijo el Director. Odiaba especialmente las alfombras orientales, que ocupaban una enorme cantidad de espacio de exposición—. Les agradezco que me den un resumen de las prioridades, aunque, como es natural, soy muy consciente de…

—Me has entendido mal, John. Esta es mi lista; mi colega ha traído la suya, claro.

Claro. Otra pila de páginas mecanografiadas de arriba abajo.

—¿Podemos entender que nos hemos explicado?

—Desde luego. Pero, en cualquier caso, os garantizo que estoy pensando en formar un comité consultivo para debatir la preparación de un informe que recomiende la constitución de una comisión especial de adquisiciones. Se me ocurre lord Goodman. Iré a verle esta semana…

Con frases expertas el Director llevó a los dos balbucientes Conservadores de vuelta al santuario oscuro como una tumba del que habían emergido de un modo tan inoportuno. La señorita Rank se levantó de su sitio, sabedora sin que se lo pidiese de lo que tenía que hacer: acompañarlos a la salida.

Una vez a solas, sir John meditó que la Exposición, concebida para satisfacer tantas esperanzas, estaba empezando ya a destilar un odio amargo, no solo a escala departamental sino internacional. La decisión de organizarla en Londres sin duda estaba justificada: puesto que habían vuelto a sellar las cuevas, el libro de sir William era, y probablemente seguiría siendo, la única obra científica sobre aquellos rituales funerarios. Pero no habían consultado al Consejo Internacional de Museos. Tanto París como Nueva York contaban con tener prioridad, y hubo violentas recriminaciones, o, como dijo *The Times*,

«Discordia en los Reinos del Oro». Además, las circunstancias en las que el Gobierno de la actual República de Garamantia había aceptado, o tal vez propuesto, el préstamo de sus inestimables posesiones habían sido poco claras. Habían vuelto a invocar el nombre de sir William, aunque él no tuviese absolutamente nada que ver con la Exposición, y no había quedado muy claro quién iba a pagar las facturas e incluso qué estaba ocurriendo exactamente. Habían deportado de África a un grupo de expertos inofensivos y a un periodista nómada de la BBC. Al final, después de agotadoras disputas sobre el protocolo, la manipulación, el empaquetado, la supervisión y los seguros, y tras una advertencia general del Comité Permanente de Ética de las Adquisiciones, llegaron a Gatwick, sin previo aviso, las enormes cajas envueltas en mantas. Entre la confusión y el secreto del desembarco hubo pocas ocasiones de participación para los eruditos. Los historiadores, los arqueólogos y los garamantólogos se retiraron refunfuñando, como habían hecho los dos Conservadores, a las profundidades de sus organizaciones profesionales.

Entretanto, Marcus Hawthorne-Mannering estaba preparándose para tener él también una breve conversación con sir William.

Hawthorne-Mannering, el Conservador de Arte Funerario, era una persona extremadamente delgada, bien vestida, inquietante, pálida, con movimientos llenos de elegante sufrimiento, como aquella sirena condenada a andar sobre cuchillos. Emparentado, o casi emparentado, por nacimiento con todas las grandes familias de Inglaterra (que no entendían por qué, si tanto le interesaba el arte, no aceptaba un trabajo sensato en *Sotheby's*) y trasladado al Museo desde la Courtauld, casi todo lo que le rodeaba le causaba un profundo dolor. Se decía que había nacido en el siglo equivocado. Pero ¿qué siglo podría haber satisfecho los delicados estándares de

Hawthorne-Mannering? Era muy joven (aunque no tanto como parecía) para tener un departamento, pero él no quería un departamento; en realidad lo que le gustaba eran las acuarelas, no los vulgares objetos, a menudo puramente etnográficos, de los que tenía que encargarse. Su nombramiento había sido, en cierto sentido, un error administrativo, o tal vez un último recurso; aún más lo habían sido las oscuras maniobras mediante las cuales la responsabilidad de la Exposición del Niño de Oro, a pesar de sus numerosos comités consultivos, financieros y políticos, había acabado, al menos nominalmente, en manos del pequeño Departamento de Arte Funerario. Entre los muchos padecimientos del ahora ocupadísimo Hawthorne-Mannering estaba la obligación de tener que ver mucho a sir William. Le desagradaba el anciano, y en cierto sentido (esta era una de sus frases favoritas, y gracias a ella evitaba, con la delicadeza de un caracol, comprometerse a nada por completo) le parecía problemático: no le gustaba la turbia relación de sir William con la estructura del Museo; lo imaginaba como un antiguo monstruo, tendido a la entrada esperando su oportunidad. «Es una situación de lo más anómala», pensaba Hawthorne-Mannering, que, aunque parecía cansado él mismo, soñaba con la revitalización, con modernas exposiciones especiales y demás. «Quién pudiera verse rodeado de espíritus más escogidos.»

El que le había pedido que fuese a ver a sir William era el Delegado de Seguridad. Por lo visto, circulaba a nivel ministerial cierto informe a propósito de la Exposición del que, por cortesía, habían enviado un ejemplar a sir William. Lo más probable era que no lo hubiese leído, pero era conocido por su liberal falta de tacto al compartir información, y ese era el día de la prensa, de modo que sería aconsejable tener unas palabras con él y pedirle cautela. Hawthorne-Mannering comentó con acidez que los Conservadores del Museo no habían tenido acceso a ese documento, fuese lo que fuese, y preguntó al Delegado de Seguridad por qué no hablaba él mismo con sir William. El Delegado de Seguridad respondió que podía pasarse más tarde, pero que, con una previsión de cuatro mil quinientos visitantes, estaba muy ocupado. El grotesco egoísmo de su réplica dejó sin palabras a Hawthorne-Mannering.

Para llegar a la guarida de sir William tuvo que cruzarse con la mirada arisca de Jones, que salía en ese momento con una bandeja de medicinas y una botella de brandi. Luego, en la salita de la secretaria, vio que Dousha Vartarian había llegado ya. Dousha, acurrucada con cremoso esplendor en su silla ante la máquina de escribir, daba la impresión de encajar a la perfección, como un gato, en el espacio que ocupaba; y eso a pesar de que se había exiliado de Azerbaiyán con su familia. No se parecía en nada a la secretaria del Director, la señorita Rank. Asintió soñolienta con la cabeza para indicarle a Hawthorne-Mannering que podía pasar sin más, pero cuando él entró en el despacho de sir William se lo encontró vacío.

La puerta del lavabo estaba abierta. Era evidente que no estaba allí; solo quedaba la acostumbrada espesa nube de tabaco de pipa, pues el viejo fumaba como una chimenea. Hawthorne-Mannering no había querido ir y sintió un rencor irracional. Fue a la ventana y contempló, sesenta metros más abajo, la masa de escolares que atravesaban el frío intenso del patio arrastrando lentamente los pies. Al menos aquí se está bien, pensó. Una ráfaga de viento gélido movió los carteles, que brillaron como motas de pan de oro. A través del cristal no se oía el chorro de información del sistema de megafonía.

—¿Qué hace ahí de pie? —preguntó sir William, que había aparecido de pronto por una puerta con un cartel que decía ABRIR SOLO EN CASO DE EMERGENCIA—. ¿Tal vez tiene usted algo que decirme?

—Sí, aunque no he recibido una acogida demasiado cálida de su... En fin, de su personal. Ese tal Jones, por ejemplo, me ha mirado casi con hostilidad...

—Jones, ah, sí, es típico de él. Tendrá que acostumbrarse, si piensa venir mucho por aquí.

—Tal vez crea que le está protegiendo, pero tengo que advertirle de que no es nada seguro salir a la plataforma de la salida de emergencia.

—Es el único sitio desde donde puedo ver la nueva caja de aluminio que han construido, por lo que veo, en lugar de la antigua Sala de los Papiros, como una especie de cantina o taberna ante la que el desdichado público hace cola ahora mismo de cuatro en cuatro.

—Es una medida temporal, como creo que sabe, sir William, para alojar a tanta gente. Al fin y al cabo, nadie los obliga a asistir a la Exposición.

—Los obligan a sentir que si no vienen se están condenando a una especie de muerte educativa. Esos folletos con los Juguetes Dorados en la portada, las charlas escolares en la BBC, las lecciones planificadas en la Open University, los viajes en autobús... Se ha instado a venir a todo el país. Y ahora tienen que hacer siete horas de cola para entrar. ¿Para qué diría usted que sirve un museo?

Los minutos transcurrían, y había muchas cosas que disponer. Hawthorne-Manning consiguió controlarse. Pero, a diferencia de lo que ocurre con el odio, nuestras reservas de paciencia son limitadas.

—El objeto del museo es adquirir y conservar piezas representativas en interés del público.

—Usted dice eso —replicó sir William con otra sonrisa cautivadora— y yo digo que un cuerno. El objeto del museo es adquirir poder, no solo a expensas de otros museos, sino en general. El arte y los tesoros de la tierra se juntan para que los conservadores puedan acurrucarse sobre ellos como los antiguos dinastas y mostrar esto o aquello según su capricho. ¿Quién sabe qué riquezas existen en nuestros fondos, más ocultas que en las tumbas de los garamantes? Hay hectáreas de pasillos en este museo donde nadie ha puesto un pie, las palomas anidan en las cornisas, en los sótanos crían sin control gatos asilvestrados, descendientes de las mascotas de los conservadores victorianos del Museo; hay piezas que solo se ven una vez al año, adquisiciones de gran valor almacenadas y olvidadas. La voluntad de los reyes y de los príncipes comerciantes, que legaron sus colecciones a condición de que estuviesen siempre expuestas al público, se incumple después de su muerte, y esos pobres desgraciados que avanzan como campesinos hacia la cantina temporal, para hincharse de pasteles de coco y llevarse vasos de plástico a la boca, ellos pagan por todo, hacen cola para todo y son la excusa de todo; ¡pobres desdichados, eso es lo que son!

—Tal vez me permita explicarle por qué me han pedido que venga a verle —dijo Hawthorne-Mannering con frialdad.

—Bueno, sé que hoy es el día en que vienen los periodistas, y que quieren ustedes que el viejo chiflado hable con ellos —dijo sir William con un cambio de tono bastante alarmante—. Hágalos pasar, no se preocupe. —Luego, volviendo al lenguaje de su infancia, añadió—: Yo me muerdo la lengua con esas sanguijuelas.

Hawthorne-Mannering aprovechó la ocasión para subrayar la necesidad de una seguridad total. Pero sir William continuó, pensativo:

—Carnarvon murió a las dos menos cinco de la mañana del 5 de abril de 1923. Lo conocí bien, ¡pobre hombre! Pero al público le gusta pensar que hay una maldición. ¿Por qué no dejar que le saquen partido a lo que pagan por la entrada?

—Pero eso no tiene la menor relevancia, sir William. Yo no soy quién para hablar de las excavaciones del Valle de los

Reyes, pero estoy seguro de que ninguna autoridad responsable ha dado nunca la menor importancia a la maldición de Tutankamón, y menos aún a la absurda invención de unos periodistas populares en estas últimas semanas sobre la Maldición del Niño de Oro.

—¿Quién ha puesto en circulación esos panfletos? —preguntó sir William—. ¿El Oro es Inmundo? ¿50 peniques?

—Me temo que eso queda fuera de mi...

—¿Usted ha estado maldito alguna vez? —preguntó sir William.

—No creo. O no me he dado cuenta.

—Es una sensación curiosa. Conviene tomárselo en serio. A propósito, ahora no recuerdo su nombre.

—Los dos periodistas que le recomiendo —dijo Hawthorne-Mannering, haciendo caso omiso de sus palabras— no querrán hablar, naturalmente, de la supuesta Maldición ni de ninguna otra cosa de naturaleza popular. Son corresponsales acreditados de *The Times* y *The Guardian*. Uno de ellos, Peter Gratsos, es uno de mis amigos de la Universidad de Alejandría. A Louis Sintram, de *The Times,* ya lo conoce usted, claro.

Sir William no dio muestras de conocerlo.

—Una charla, sí, sobre las baratijas esas, ¿no? Hubo muertes, sabe usted, en 1913, aunque nunca hablamos de eso. El pobre Pelissier estaba muerto cuando lo encontramos, con uno de los Juguetes de Oro en la mano. Tieso como un palo.

—Recordará que la entrevista debe adoptar la forma de una charla breve a cargo de Tite-Live Rochegrosse-Bergson de la Sorbona, el distinguido antropólogo, antiestructuralista, mitólogo y paremiógrafo. Luego intervendrá el profesor Untermensch, que en la actualidad creo que está en Heidelberg. Lo han invitado, a petición propia, a participar. Se supone que debe hacer usted un par de comentarios, un resumen, llámelo como quiera...

Sir William exhaló una bocanada de humo maloliente de la pipa.

—Si quiere que diga lo que pienso de Rochegrosse-Bergson...

—No «de», sir William, sino «a». La charla debe tener el más alto nivel...

Hawthorne-Mannering parecía a punto de echarse a llorar. Se oyó un leve ruido en la salita de fuera cuando Dousha se movió en su silla. A través del cristal verde parecía una gruesa diosa subacuática, ligeramente dislocada. El Director Delegado de Seguridad entró en el despacho.

—Disculpe, señor. Solo una cosa, a propósito de las disposiciones para esta mañana.

«Conque no se ha fiado de mí», pensó Hawthorne-Mannering con amargura.

—Ah, la seguridad —dijo sir William—. Cierto. Viene un francés. No son malos tipos, pero es mejor no dejar oro demasiado cerca de los franceses. Recuerde lo que pasó con Snowden.

—Ese documento, señor... Su copia del informe secreto, que, según la información que tenemos, se refiere a la génesis de la Exposición.

—¿He recibido una copia?

—Nuestros registros muestran que sí, señor, una copia de cortesía. El Director y usted fueron los únicos en el Museo que la recibieron.

—Bueno, Allison tal vez tenga su copia, si quieren una.

—Con todo el respeto, señor, no es eso. Dado que, como le he dicho, se trata de un informe ministerial, querría asegurarme de que está en buenas manos durante las entrevistas de hoy.

Sir William se había olvidado más de una vez documentos confidenciales en un taxi o desperdigados por la sala de lectura de su club.

—Es posible que se le haya traspapelado a Dousha. Pobrecilla —dijo sir William—. No puedo entender por qué me asignaron a semejante joven como secretaria —añadió sin ruborizarse.

—Abajo hay varias notas, señor, enviadas por usted a Recursos Humanos, en las que insiste en su nombramiento porque estaba atravesando dificultades.

—¡Papeles, papeles! —replicó sir William—. ¡Hojas caídas! ¡Hojas descoloridas! Pero yo me encargaré. Sí, sí, lo pondré bajo llave y candado.

—La otra cuestión es un tanto incómoda, señor…, un asunto personal. Nos han informado de que el tal Untermensch es algo excéntrico.

Hawthorne-Mannering se removió en su asiento, creyéndose obligado a salir en defensa de todos los sabios, y tal vez de todos los excéntricos.

—Podría decirse que esa última observación peca de reduccionista —dijo—. El profesor Untermensch es un notable garamantólogo que ha dedicado gran parte de su vida al estudio del Tesoro, claro que sin verlo más que en fotografías y a partir de fuentes indirectas. Podría decirse que es una especie de santo de la fotogrametría. Es, también, el mayor experto reconocido en el sistema garamante de escritura jeroglífica.

La misión en la vida del Delegado de Seguridad era garantizar la integridad de los objetos que custodiaba. Lo que pudiesen llegar a valer, así como la cordura del personal —y tenía una pésima opinión de ambas—, no le atañía.

—Para continuar, señor. Nuestra información es que Untermensch está, por no andarnos con rodeos, bastante chiflado. Es decir, le obsesiona la idea de tener entre sus manos uno de esos objetos del Tesoro, uno de esos Juguetes Dorados, o como se llamen, mirarlo de cerca y sostenerlo en sus manos. No sé si usted, señor…

—Eso no tiene nada que ver conmigo —dijo sir William—. He dejado muy claro, a usted y a todos los demás, que no tengo la menor intención de bajar a verlo y que no quiero volver a mirar esas cosas mientras esté a este lado del valle de las sombras.

—El Director en persona lo dispondrá todo para que el profesor Untermensch pueda ver de cerca uno de los objetos —intervino Hawthorne-Mannering—. Es cierto que no tiene el rango suficiente…, pero se va a tener con él esta cortesía, ya que ha sido tan insistente.

—En cualquier caso son demasiadas reuniones en un solo día —dijo sir William—, pero como ustedes quieran.

Hawthorne-Mannering se demoró inquieto a la salida para hablar con Dousha.

—Me temo que el pobre no se encuentra muy bien —dijo—. Ha habido un momento en que ni siquiera recordaba mi nombre. ¿Le está dando problemas el corazón?

No logró que su voz sonara compasiva.

—No mucho, creo —replicó con calma Dousha.

Al marcharse, sir William apretó el botón del intercomunicador con dedo firme.

—No me ha gustado ese tipo, Dousha —dijo—. ¿Por qué no viene a verme Waring Smith? ¿Qué ha sido de Smith?

Waring Smith, un funcionario subalterno de la Exposición, no tenía, o no debería haber tenido, la menor importancia en el Museo. Sir William se había fijado en él al final de una reunión de comité porque era joven, normal, poco impresionable, sincero y preocupado.

No obstante, debido a un giro del destino, Waring Smith había adquirido recientemente cierta prominencia. Mientras Hawthorne-Mannering disfrutaba de uno de los numerosos permisos por enfermedad que exigía su constitución delicada, Waring había tenido que preparar, puesto que era un trabajo que nadie quería hacer, el catálogo de una pequeña muestra de inscripciones funerarias de Boghazkevi, particularmente aburrido para cualquiera que no fuese un hititologista irredento. A fuerza de bajar personalmente para supervisar a los impresores, incluso había conseguido que el catálogo estuviese listo a tiempo. Ese pequeño éxito había servido para que le encargaran otros trabajos en esta gran Exposición. Sin embargo, le había granjeado el odio eterno de Hawthorne-Mannering, a su vuelta.

No obstante, Waring Smith no merecía un rencor tan intenso. No era un joven excepcional. El inglés medio tiene los ojos azules y el pelo castaño, y él también. Después del instituto había pasado tres años bastante infelices estudiando Artes Técnicas en la Universidad. Atrapado en el bar de la facultad durante un encierro, había conocido a una joven que estaba estudiando la química del color y la había convencido sin dificultad para que compartiera su estrecho dormitorio en el edificio de los estudiantes de primer año. Los dos accedieron, sin demasiada resistencia, a casarse en cuanto él consiguió su primer trabajo remunerado. Se había preguntado si quería a Haggie, y una insospechada segunda voz en su interior le había respondido que sí.

Antes de la boda, Waring había notado que su vida se convertía en una serie de simplificaciones. Desde que empezó a vivir con Haggie, veía mucho menos a sus amigos. Para ahorrarse trabajo en casa, habían quitado las patas de la cama y la habían dejado en el suelo, y así con muchas otras cosas. Elaboraba sus informes cuidadosamente: se había especializado en técnicas de exposición y trabajaba de firme. Salían una vez a la semana a ver películas de directores franceses e italianos sobre las dificultades de rodar una película. Luego compraban latas de cerveza y patatas fritas, volvían a su habitación y se relajaban cálidamente en la oscuridad. Ahora que estaba casado, sin embargo, le resultaba muy difícil pensar en algo que no fuese su trabajo y los pagos de la hipoteca. Para poder seguir viviendo en una casa muy pequeña con jardín en Clapham South, con una preocupante gotera en alguna parte del tejado y una vidriera en la puerta principal, debía devolver a la Whitstable and Protective Building Society la suma de 118 libras al mes. Esta cifra acaparaba de tal modo los pensamientos diarios de Waring, le esperaba con tal puntualidad en todos sus momentos de ocio, que a veces le parecía que su identidad estaba cambiando y que no tenía nada que ver con el ser humano de hacía cinco años que despreciaba la acumulación de bienes materiales. Además, discutía a menudo con Haggie, que tenía que trabajar de mecanógrafa, malgastando así sus conocimientos de química del color, y que no entendía por qué él salía siempre tan tarde del Museo. Sin embargo, Waring Smith tenía un instinto para la felicidad contra el que ni siquiera la Whitstable and Protective Society tenía nada que nacer, y ese era el instinto que sir William había reconocido e intentado fomentar.

Cuando Dousha llamó a la madriguera mal ventilada que servía de despacho a Waring para decirle que a sir William le gustaría tomar una taza de té con él, Waring tuvo que preguntarle si podía ir un poco más tarde, pues le habían pedido que bajara a ver cómo iba la Exposición. Tenía que hablar con Seguridad y Relaciones Públicas, asegurarse de que el material de exposición estaba en su sitio y volver para informar a Hawthorne-Mannering, que supuestamente seguía a cargo de la coordinación.

Ante la tediosa diligencia de su subordinado, a Hawthorne-Mannering le hervía la sangre de horchata de puro desagrado, como la savia verde y escasa de una planta. Cerró los ojos para no ver a Waring Smith.

Los ojos cerrados preocuparon un poco a Waring, pero continuó metiendo la pata.

—Debería bajar, H.M., de verdad que sí. —Nunca había sabido cómo dirigirse a Hawthorne-Mannering, que era demasiado joven, ¿o no?, para llamarle «señor». En todo el edificio lo llamaban la Reina de Mayo, pero Waring intentaba no pensar mucho en eso—. Es digno de ver —prosiguió, emocionado—. He tomado unas notas, por si quiere usted verlas.

—Qué detalle. Así no hará falta que me lo cuente.

—Pero es preocupante, de verdad. Están resistiendo tan bien, las colas, quiero decir, que es imposible no sentir lástima por ellos. Y, cuando consiguen entrar, quedan atrapados en el cuello de botella de la entrada a la Cámara del Niño de Oro. Solo les dejan pasar de cuatro en cuatro. Es como el Agujero Negro de Calcuta.[1]

—No alcanzo a entender el sentido de su comparación —dijo Hawthorne-Mannering—. El cuello de botella, como usted lo llama, por muchas objeciones que pusiera Seguridad, no es otra cosa que una simulación de la entrada a la cueva original, para que el público general pueda evocar el ambiente de hace dos mil años, en plena noche, cuando llevaron en secreto el triste sarcófago a su último lugar de descanso.

—Pero en cualquier momento podrían desmandarse. Seguridad lo sabe, aunque no creo que las autoridades lo sepan. ¡Y la cafetería! Hay una réplica de aglomerado a tamaño natural del Niño de Oro señalando la entrada y a estas horas de la mañana ya no quedan más que hojaldres de fiambre en conserva.

—¿Qué es el fiambre en conserva? —preguntó Hawthorne-Mannering, con un leve estremecimiento.

1. Alusión al calabozo donde, en 1746, las tropas del Nawab de Bengala encarcelaron a un gran número de prisioneros de guerra británicos, muchos de los cuales murieron asfixiados en una sola noche. (*Todas las notas son del traductor.*)

—¿Por qué hacerles sufrir así? —imploró Waring—. Algunos han pasado toda la noche en el tren.

Hawthorne-Mannering, todavía sin abrir los ojos, extendió las manos largas y lívidas, les dio la vuelta y las abrió en uno de sus gestos favoritos.

—Yo me lavo las manos —dijo.

Waring se recordó a sí mismo que, si perdía su empleo, no era muy probable que pudiera conseguir otro, y que la cuestión de su salario estaba siempre bajo la vigilancia de la Whitstable and Protective Building Society. Volvió a su madriguera y repasó a toda prisa su correspondencia, constituida por las sobras que iban desechando los demás departamentos del gran Museo. Una serie de cartas rogaba al Museo que se sumara a la campaña contra la mala utilización de los recursos; iba a celebrarse una cena, a quince libras por cabeza, en la que el menú estaría escrito en el mantel para ahorrar papel. El Sindicato Nacional de Maestros quería que se eliminaran las vitrinas de cristal de los museos para que los objetos expuestos se convirtieran en un área de acción significativa y los niños pudieran cogerlos y relacionarlos con su vida cotidiana. «¿Y por qué no?», pensó Waring. «Así haríamos sitio enseguida.» Una nota confidencial de Relaciones Públicas aludía al profesor Untermensch. En teoría, ellos tenían el deber de atenderle, pero aparte de sus amplios conocimientos, que podían darse por descontados, ¿tenía alguna importancia real? ¿No podría el Departamento de Exposiciones sacarlo a cenar (Categoría 4, Grado 2) y llevarlo tal vez a algún espectáculo? Puesto que al parecer era alemán, ¿por qué no a una opereta? «¿Una qué?», pensó Waring.

Escribió con meticulosidad unas notas sobre las cartas y salió a buscar a alguien que pudiera mecanografiar sus respuestas. Tuvo suerte y una de las chicas estaba libre.

—¿Dónde se corta usted el pelo, señor Smith? —le preguntó como si tal cosa mientras copiaba sus notas.

—Voy a *Sansón y Dalila,* en Percy Street, cuando puedo permitírmelo.

—Sí, es que las chicas pensamos que es usted muy guapo. Pero empieza a estar un poco desgreñado.

«Tal vez Haggie pueda cortármelo», pensó Waring. «Un joven ejecutivo como yo no debería convertirse en objeto de burla.» Sacó una carta suya del bolsillo. Por fuera no era muy distinta de las otras. La Whitstable and Protective le recordaba que una de las condiciones del contrato era que en el plazo de seis meses sustituyera todas las tejas del tejado, y rejuntara, reparara y arreglara, etc., etc., y hasta ese momento no tenían noticia de que se hubiesen llevado a cabo los trabajos. El salario de Waring Smith era el de un AP3: entre 2922 y 3702 libras anuales + 120 libras en complementos y 261 libras de ponderación de Londres (revisables). Se sabía esas cifras muy bien, y se las repetía constantemente. Cuando consiguió el empleo le habían parecido una fortuna.

Después de confiar las demás cartas a la mecanógrafa, fue a ver a sir William.

Encontró a Dousha dormida en la antesala, como un bulto silencioso de color crema sobre su escritorio. A su lado había una pila de documentos, y en lo alto de todo una carpeta que era evidente que acababa de dejar ahí. Tenía una pegatina verde que Waring sabía que significaba alto secreto, y el asunto era la Exposición Garamante.

A través de la puerta de cristal oyó a sir William en plena conversación. Sin el menor intento de disimulo, pero con mucha curiosidad, empezó a leer los documentos.

El primero era una hoja de papel grueso blasonada con la dirección de la embajada británica de Su Majestad en Garamantia, en la que estaba escrito con caligrafía exquisita:

Del jefe de la Cancillería a

1. El ministro de Exteriores
2. El jefe del Departamento de Asuntos Africanos (M.E.)
3. El ministro de Educación y Ciencia
4. El director del Instituto de Estudios Estratégicos

Por supuesto, no olvidamos las palabras de Heródoto...

Γαράμαντες, οἱ πάντα ἄνθρωπον φεύγουσι καὶ παντὸς ὁμιλίην, καὶ
οὔτε ὅπλον ἔκτέαται ἀρήϊον οὐδὲν οὔτε ἀμύνεσθαι ἐπιστέαται...

Eso estaba tapado en parte por una nota:

¿De qué demonios se cree que está hablando ese idiota?

La siguiente minuta estaba mecanografiada y decía así:

Garamantia no tiene petróleo, ni defensas naturales, ni ejército, ni educación ni capacidad de negociación. Por lo que le
traen sin cuidado los representantes de la UNESCO, la CIB
y los diplomáticos de comercio. Por otro lado, la población,
hasta donde ha podido ser censada, crece un 2,5% anual. Los
recursos son escasos y no puede decirse que las infraestruc-
turas se estén deteriorando, porque nunca han existido. Hay
más trabajo que capital, pero eso no significa que la sociedad
garamante haya alcanzado, ni mucho menos, una situación
que podamos denominar «de pleno empleo». Más de la mitad de la población sana en edad de trabajar se pasa el día
durmiendo. El Gobierno actual (un grupo paramilitar formado por los tíos del monarca reinante, el príncipe Rasselas,
que tiene previsto entrar a estudiar en Gordonstoun en 1980)
teme un golpe de Estado y desea ponerse bajo la protección

de la Unión de Estados Musulmanes de África Central (que tiene buenas relaciones con la URSS), pero ha sido informado (después de consultar con la agencia publicitaria de Alemania Oriental Proklamatius) de que lo único que les ganaría el favor de la Unión sería exponer el Tesoro Dorado, por primera vez en la historia, en las capitales de Occidente. Piensan que eso promoverá los ideales culturales establecidos sobre la antigüedad, etc., y combatirá hasta cierto punto los poderosos argumentos a favor de la causa de Israel. De ahí la necesidad de enviar el Tesoro Garamante a toda prisa.

La minuta siguiente, del Agregado Comercial, decía:

Se ha conseguido el respaldo de la Hopeforth-Best International Tobacco Corporation para el seguro, el montaje y el traslado de las piezas. Se ha acordado no utilizar material publicitario ni siquiera de manera implícita, pero Hopeforth-Best nos ha dado a entender, de manera estrictamente confidencial, que confían en que la asociación de sus productos al admirado Tesoro, gracias a su famoso eslogan «El Silencio es Oro... Encienda un cigarrillo bajo en alquitrán», suponga un considerable aumento del consumo.

Había una última nota de la oficina del ministro de Exteriores:

Habrá que vigilar a esa tabacalera, pero sin duda ha sido un gran éxito de nuestra diplomacia que el Tesoro, que, por supuesto, también viajará a París y a Berlín Occidental, pase antes por Londres. Podría tratarse de una deferencia con sir William Simpkin, pero Su Excelencia se alegrará.

Waring cerró la carpeta y volvió a dejarla junto al codo de Dousha. Se quedó sumido en sus pensamientos hasta que la puerta se abrió y sir William se asomó con desacostumbrada diligencia.

—Leyendo informes confidenciales, ¿eh? Bueno, ¿por qué no, por qué no? Cuanta más gente conozca esos secretos, menos molestos serán. Los leería en la conferencia, pero no quiero herir los sentimientos del Director. No, no estaría bien.

Un joven periodista, que estaba saliendo del despacho, sonrió indeciso.

—Quisiera agradecerle la entrevista, sir…

—Asegúrese de reproducirla como es debido —graznó de pronto sir William—. La función de la prensa es decir la verdad…, sí…, aunque sea a costa de poner en peligro lo que más queremos. Recuerde decirles que un camello siempre hace un ruido gutural antes de morder; recuerde decírselo. Hay muchos hombres que aún seguirían con vida si lo hubiesen tenido presente.

—Sir William, le ha contado un montón de patrañas —dijo Waring, mientras el periodista emprendía la huida—. Todas sus expediciones fueron planeadas y registradas de la manera más profesional. Habla usted como un viejo embaucador.

—Me gusta bromear de vez en cuando —replicó sir William—. En cualquier caso, lo de los camellos es cierto. Pero mis bromas…, en fin, cada vez las entiende menos gente. En cambio su director, John… Él sí parece entenderlas. Ayer estuve bromeando con él.

—¿Y se rio? —preguntó dubitativo Waring.

—Bueno, tal vez no tanto. Pero ya basta de eso. ¿Cómo van las cosas ahí abajo? ¿Usted cree que de verdad les ha valido la pena venir?

Waring describió lo que había visto, esta vez a un oyente más comprensivo. El rostro de sir William pareció cambiar y adquirió un aspecto muy anciano, pálido y serio. Negó con la cabeza.

—¿Ha visto esto, dicho sea de paso? —preguntó, alcanzándole el brillante folleto amarillo.

—Sí, he visto uno o dos en el patio principal. Pensé que sería cosa de algún maníaco religioso.

—No sé por qué hay que atribuir siempre la locura a la religión —dijo sir William, plegando el folleto con tanto cuidado como si fuese a utilizarlo para encender la pipa—. Centrémonos en el bien que podemos hacer aquí y ahora. De hecho, le he llamado para pedirle un favor. Quiero que se tome una hora o así esta tarde para llevar a Dousha a cenar. Ya se habrá dado cuenta de lo cansada que está. Últimamente ha tenido una época muy fatigosa.

—Me temo que va a ser imposible… Me esperan en casa… Y estoy seguro de que Dousha no querría salir con un hombre casado y con hipoteca…

—Si no estuviese usted casado, no le confiaría el cuidado de mi pobre Dousha. Sin embargo, saldrá caro: come copiosamente. No es mi intención arruinarlo.

Sir William sacó un puñado de monedas del bolsillo del abrigo, una chaqueta Norfolk larga de corte anticuado, y separó unas cuantas libras después de rebuscar un rato entre dólares Maria Teresa y nomismas bizantinos de oro. Con dificultad, Waring consiguió que guardara aquel variopinto tesoro y le dijo que no se preocupara, que Dousha y él pagarían la cena; entonces se dio cuenta de que había acabado aceptando aquel absurdo encargo: tendría que salir con Dousha, a quien apenas conocía, y se vería obligado a telefonear a Haggie e inventarse cualquier excusa.

Entre el puñado de monedas que se había sacado sir William del bolsillo había una pequeña tablilla de barro que aún seguía sobre el escritorio. Era de color rojizo claro, sin cocer ni esmaltar, y estaba cubierta de incisiones. Waring intuyó que casi con seguridad formaba parte de la Exposición.

—¿Debería estar eso en su bolsillo, sir William? ¿No es de la vitrina VIII?

—Es posible. Le pedí a Jones que me la trajera anoche.

—Pero pensaba que no quería volver a ver el Tesoro. Dijo que estaba usted demasiado cansado.

—Y lo estoy —replicó sir William—, pero ese no es el motivo, no. La nostalgia es un lujo que no puedo permitirme. Cuando eres viejo, si te dejas llevar por el pasado, acaba devorando tu presente, el poco que te queda. Yo era un gran hombre, o creía serlo, cuando vi el Tesoro por primera vez. Eso fue hace sesenta años. Mejor que se quede hace sesenta años. Ahí es donde debe estar.

—De todos modos, sería maravilloso para todos en la Exposición si cambiara usted de idea.

—No cambiaré. Solo se me ocurrió coger una de estas para ver si aún sabía descifrarla. En su día se me daba muy bien.

—Hay un ejemplar del descifrado de Ventris en la Biblioteca del Personal —se apresuró a indicar Waring—, y el comentario de Untermensch, que da todo el alfabeto.

—No me gustan las bibliotecas —replicó sir William—. Cuando era joven pensaba: ¿para qué leer si podías coger una pala y descubrir tú mismo las cosas? Yo mismo he publicado una docena de libros, claro, pero ahora no estoy de acuerdo con nada de lo que dije en ellos. En cuanto a la Biblioteca del Personal, tanto me daría tirar la llave a la basura: no permiten fumar.

Waring intentó en vano imaginar al anciano sin las guirnaldas de neblina ascendente de su pipa de brezo que, incluso cuando estaba medio dormido, lo ocultaban en parte de la vista. Pero, pese a todo, sentía que era un privilegio que lo ahumara sir William.

—Sé que debe usted marcharse, Waring, que hay que ganarse la vida. Pero dígame solo una cosa. ¿Tiene la sensación de que algo va mal?

Waring dudó a qué se refería exactamente: a la hipoteca, de la que le había hablado en confianza a sir William, o más probablemente al extraño ambiente de expectación que no había hecho sino empeorar desde que desembalaron el Tesoro. Solo pudo responder:

—Sí, pero no es nada que yo pueda arreglar.

Volvió a su trabajo. Tenía que entregar varias propuestas sobre la disposición de los mostradores en la nueva tienda del Museo. El deseo del público de comprar tarjetas postales había llegado a tal extremo (se habían vendido ya 15000 tarjetas deseando una pronta recuperación con una imagen de la Tumba Dorada) que habían tenido que habilitar más espacio. Se había dispuesto una enorme sala a la entrada; la administración se la había robado al Conservador de Tejidos y Textiles, que se había quedado apretando los pocos dientes que le quedaban. Waring extendió sus planos, pensando lo bien que le vendría tener un poco más de espacio y preguntándose si podría pedir que lo trasladaran por un tiempo a los talleres de Conservación, que eran más amplios.

Entonces tuvo tiempo para pensar seriamente en el informe que había leído, el que había servido de somnífero a Dousha. Había vislumbrado por vez primera los turbios orígenes de la gran atracción dorada: las hostilidades en Oriente Medio, la política norteafricana, las actividades mal coordinadas de la compañía tabacalera Hopeforth-Best. Tal vez otras fuerzas y empresas chapuceras similares controlasen todas las áreas de su vida. ¿Era su deber pensar con más detenimiento en el informe y, en ese caso, hacer algo al respecto?

Avanzando con cautela por este territorio desconocido, pensó primero en su trabajo. Admitió con franqueza que tendría que verse muy presionado para hacer o decir cualquier cosa que pudiese poner en peligro su posición como AP3. En segundo lugar iba su lealtad al Museo, una lealtad que había puesto, a pesar de sus enfados y desilusiones, al servicio de los objetos preciosos y del público que tanto los necesitaba. Por último pensó en sir William, que, al fin y al cabo, había leído el informe y al parecer no le daba la menor importancia. Fue una reflexión muy tranquilizadora. Compadezcamos a las mujeres, como había dicho sir William, y no nos preocupemos demasiado por quienes nos manipulan, pues nosotros tenemos cierta idea de lo que queremos hacer en realidad, y ellos no tienen ni idea.

Usó parte de su hora del almuerzo para llamar a casa.

—¡Haggie! ¿Eres tú? Ahora tienes el descanso, ¿no? Bueno, esta noche no, me ha surgido una cosa.

—¿Tiene algo que ver con Dousha?

—Oye, Haggie, no sabía que hubieses oído hablar de ella. Solo es Dousha, la secretaria de sir William. Estoy seguro de que no te he hablado de ella.

—¿Y por qué no?

—Esto es una tontería. No la conozco, y no quiero salir con ella. Es solo que no quiero decepcionar a sir William. No, sir William no puede sacarla a cenar él, es demasiado viejo. No sé de qué vamos a hablar. De todos modos se pasa la mayor parte del tiempo durmiendo. Te quiero, estoy deseando volver a casa.

Haggie le colgó.

En la gran colmena del Museo, en cuyo centro estaba el Tesoro Dorado, la masa de trabajadores y colegiales siguió desfilando por delante del mostrador de admisión con pasos incesantes, incluso durante la hora sagrada del almuerzo. Empezó la larga tarde. Arriba, en las miríadas de cubículos apartadas del ruido de la vida, dormitaban las bandejas de entrada. Pero Hawthorne, impaciente y neurótico, no perdía ni un momento en relajarse. Aunque el doctor Tite-Live Rochegrosse-Bergson y el profesor Untermensch habían llegado por separado, los habían trasladado desde el aeropuerto en el mismo coche —una maniobra más bien torpe, que disimulaba la irrelevancia del minúsculo alemán—, y estaban ahora en el Museo. Muy bien vestido, como el espectro de un mayordomo, Hawthorne-Mannering los condujo por el pasillo hasta el ascensor que los llevaría a la conferencia.

—… en el despacho de sir William… Unas palabras con dos periodistas escogidos… Mi buen amigo Peter Gratsos… A Louis Sintram, de *The Times* ya lo conocerán, claro…

Rochegrosse-Bergson era un producto acabado, de pelo plateado pero indemne al paso del tiempo, con una chaqueta de terciopelo y zapatos de hebilla que no habrían desentonado varios siglos atrás. Lo rodeaba el aura de quien tiene muchos seguidores devotos y —lo que no es menos necesario para un académico— también muchos enemigos, a cuyas intrigas para intentar refutar sus teorías aludía con elegancia. El profesor Untermensch era más menudo, más moreno, mucho más callado y desaliñado, pero, visto de cerca, mucho más alarmante, pues era evidente que temblaba de emoción contenida. Sus movimientos espasmódicos, los habituales gestos tristes del refugiado, estaban acentuados y, mientras seguía humildemente los pasos de los demás, la nariz le temblaba como si estuviese husmeando comida.

—¿Podría hablar un momento con usted, señor Hawthorne-Mannering? —preguntó el Delegado de Seguridad, avanzando de pronto hacia el grupo por una imponente escalera de mármol.

—No es buen momento. Francamente, todas estas precauciones de seguridad me parecen un poco exageradas. Nuestros distinguidos visitantes extranjeros están desconcertados… Al fin y al cabo, no hay ningún problema concreto…

—Eso es lo que quería decirle, señor Hawthorne-Mannering. La policía está en el edificio.

2

—¡La policía! Imagino que vendrá a menudo, con la invasión que ha causado la Exposición...

Hawthorne-Mannering se dio cuenta en el acto de que «invasión» no era la palabra que debería haber escogido, pero era demasiado orgulloso para cambiarla.

—Pase por aquí si es tan amable, la policía quiere hablar un momento con usted. Se llama Mace... han enviado al inspector Mace de comisaría.

—Pero mis invitados...

—Los puedo llevar a la cafetería del personal, si le parece bien, a tomar una copa de vino antes de la conferencia.

Era una oferta muy amable por parte del Delegado de Seguridad, pero Hawthorne-Mannering la recibió con un bien afinado atisbo de irritación.

—Ya les he dado una copa de vino, aunque no de la cafetería del personal. No sé si Untermensch debería beber más. Podría achisparse con facilidad.

Inexorable, el Delegado de Seguridad se llevó a los dos sabios y dejó a Hawthorne-Mannering en un cuartito pequeño casi en desuso que había al lado del pasillo, lleno de cajas que contenían varios cientos de lacrimatorios romano-británicos de cristal azul. El inspector Mace, más recio que cualquier otra cosa del cuartito, se puso en pie para recibirle.

—Bueno, inspector, espero que no se ofenda si le digo que tengo cierta prisa...

—Desde luego. No tengo intención de perder el tiempo, ni el nuestro ni el suyo. Es solo que hemos aumentado las patrullas por la zona mientras dure la Exposición y uno de mis hombres ha informado al pasar de que en los alféizares de la planta baja del Museo se está cultivando ilegalmente *Cannabis indica*. Esto, como sabe, es un delito grave.

—¿Y qué tengo yo que ver con eso, inspector?

—Nos han informado de que está usted a cargo del Departamento de Arte Funerario. El cannabis se estaba cultivando en lo que, según me han informado, se conoce como «macetas mortuorias», es decir, unas grandes urnas funerarias de su departamento. Las habían colocado justo al otro lado de la ventana en una sala vacía para aprovechar la calefacción central.

—¡Con el Museo lleno de oro se preocupa usted por dos macetas! Si esa es mi única relación con este asunto, desde luego...

—¿Ha reparado en la falta de dos macetas, señor?

—En el Museo hay varios miles de urnas. Solo están expuestas unas pocas. Hace meses que no las compruebo personalmente.

—Entiendo. De momento, tal vez pueda usted confirmarnos si hay algún adicto entre el personal.

—Solo puedo decir que lamento no poder ayudarle. Le recomiendo que pregunte en administración, que es donde se gestiona la contratación del personal. Pero le recomiendo, o le imploro, o como quiera llamarlo, que no dé un paso más hasta que la Exposición lleve en marcha unas semanas. Ya tenemos problemas suficientes.

—Me temo que tendremos que poner la denuncia, señor —dijo el inspector Mace, aunque se notó un atisbo de duda por debajo de su fachada decidida—. Los pasos preliminares tal vez puedan retrasarse una o dos semanas. Por supuesto, señor, no queremos interrumpir el extraordinario servicio público que está llevando a cabo el Museo, al acoger a miles de personas normales y corrientes y darles la oportunidad de compartir sus tesoros...

Huyendo del inspector, Hawthorne-Mannering subió a toda prisa al despacho de sir William. La conferencia ya había empezado. El doctor Rochegrosse-Bergson y el profesor Untermensch habían declinado comprensiblemente la oportunidad de visitar la cafetería del personal y habían ido directamente a la conferencia. Todos estaban sentados y el teléfono acababa de sonar: la señorita Rank les comunicó que el Director estaría enseguida con ellos. Al cabo de un minuto volvió a llamar para decir que iba de camino.

La cola, cuando sir John la miró desde la ventana en forma de arco que arrojaba una luz gélida en el pasillo, parecía bastante tranquila. Sometidas por el frío, otras cincuenta escuelas estaban poniéndose en fila, apretándose a cada oportunidad para dar la ilusión de que estaban avanzando. En torno al puesto del Servicio Femenino de Voluntarias la tierra se había descongelado formando un círculo oscuro. Esa zona estaba cubierta de vasos y cucharillas de plástico. Todo estaba en orden, no había ningún problema.

El Director era bien conocido por su pasmosa capacidad de desviar su atención de un asunto para enfocarla en otro, lo cual, dicho sea de paso, le había hecho tomar una serie de decisiones muy poco acertadas. Pero en ese momento le permitió olvidar tanto los problemas más graves como los más triviales de la administración al entrar en el despacho de sir William y mirar al grupo que se había congregado allí. Los dos periodistas, un par de exquisitos a los que la vida ya no podía depararles más sorpresas, liberados de los más crasos prejuicios británicos gracias a su educación extranjera, esperaban con sus camisas italianas de seda y sus chaquetas de ante, sumidos en una especie de inactividad enérgica. Sintram había cruzado las largas piernas y colocado un tobillo bien torneado sobre la rodilla opuesta. Hawthorne-Mannering, pálido como el alabastro, no lograba ocultar su ansiedad. Sir William, después de levantarse para saludar al gran erudito francés y al alemán, se había repantingado de un modo alarmante en su sillón y casi había desaparecido en una nube de humo de tabaco de pipa, privándoles del discurso formal de felicitación que ambos tenían pensado pronunciar. Estaban abriendo sus maletines. Las manos blancas de Rochegrosse-Bergson se deslizaron sobre el cierre dorado; el maletín del profesor era viejo y estaba cerrado con una cremallera que se atascaba. Se había sentado al fondo, donde había pasado casi desapercibido. En cuanto entró el Director, fijó en él sus ojillos agudos y no se concentró en nada más.

Con la facilidad que proporciona la práctica —era evidente que podría dar clase desde lo alto de un edificio, o en mitad del desierto—, Rochegrosse-Bergson empezó su discurso en un inglés fluido. Después de una *entrée en matière* que duró exactamente un cuarto de hora, pasó a hacer una refutación de sus enemigos invisibles.

—Admitamos que el hombre, cuando contempla el mundo a su alrededor, intenta, como le exige su naturaleza, poner orden o concierto en la confusa masa de objetos que ve. ¿Qué orden es este? El error, el error infantil de los estructuralistas es creer que dividimos todos nuestros conceptos en dos y solo en dos. Mentalmente, ¿no lo vemos todo en grupos de tres?

—Hay cosas que tienen mejor aspecto por parejas —dijo sir William—. Si hubiese tres, sería raro.

—Sí, el universo es trino —continuó Rochegrosse-Bergson, ignorando cortésmente la interrupción—. Igual que los antiguos concebían a las Tres Gracias unidas en un círculo y el hombre de la isla de Man sueña con tres piernas,[2] la vida es una tríada eterna, que se aleja, regresa y vuelve a alejarse. Para entender el mito proclamo ante ustedes que debemos plegarnos en tres. —Movió sus pulcras manos con los gestos de un lavandero experto—. Comparemos, por ejemplo, la Madeja de Oro, que, en mi opinión, es el objeto más importante de su distinguida Exposición, con el hilo que le entrega Ariadna a Teseo y con el juego del cordel, un juego, *chers auditeurs,* que, a diferencia del hilo en sí mismo, no tiene fin. ¿Qué vemos? Vemos, caballeros, que entramos en el laberinto para descubrir lo que fuimos. Sujetando con fuerza el precioso cordel de estambre dorado, ascendemos a las regiones superiores, pero sabemos que un día tendremos que volver al interior de nuestro ser no conocido. El viaje de la humanidad es un avance no adelante ni atrás, sino hacia ninguna parte. Todos nuestros pensamientos son, por usar mi propia definición, mi propio significante escogido, la *pensée-stop,* el impulso irresistible de dejar de pensar *totalmente.* Nuestro arte, pues todo hombre, admitámoslo, es un artista, ¡consiste en *no conseguir nada en absoluto*!

Sorprendentemente, los dos periodistas anotaron con interés tales disparates. Su cinismo había desaparecido: parecían hipnotizados. Evidentemente, el *Times Literary Supplement*

2. Alusión al símbolo en el centro de la bandera de la Isla de Man.

publicaría un serio *résumé*. Educados en liceos franceses, eran incapaces de resistirse a esas frases tan redondas, que ahora bajaron un par de tonos para anunciar la siguiente perorata.

—Y así, amigos míos, esta tarde tal vez haya logrado aclarar un poco...

La luz clara del invierno se colaba por las ventanas. Los periodistas siguieron escribiendo en sus cuadernos.

El profesor Untermensch también conocía, por la fuerza de la costumbre, el tono declinante de la perorata. Se acercaba su momento; cada vez estaba más cerca del oro fabuloso al que, de manera indirecta, había dedicado una parte tan grande de su vida profesional. Su impaciencia era palpable e incómoda. Cuando el Director se puso en pie, él también se levantó, listo para seguirle como una sombra.

Hawthorne-Mannering estaba inquieto, tenía la sensación de que las cosas no se estaban haciendo bien. No habían dado las gracias a nadie.

—Si pudiera usted decir unas palabras —murmuró, acercándose a sir William—. Si pudiera usted agradecer..., reconocer el nombre de Rochegrosse-Bergson...

—¿Y por qué? —preguntó sir William—. Quizá alguien se llame así, pero él no.

Waring acababa de recibir un mensaje de la impecable señorita Rank. Lo había llamado por teléfono. El Director quería la Muñeca de Oro de la Exposición, para enseñársela, tal y como había prometido, al profesor Untermensch.

—¿Eso no es cosa de Hawthorne-Mannering? Cuando cree que me entrometo en su trabajo tiende a ponerse un poco quisquilloso.

—La pieza debería estar aquí desde hace cuatro minutos y cuarenta y cinco segundos —replicó la señorita Rank.

—Pero no puedo ir y abrir la vitrina hasta que el público se haya ido y la sala esté vacía. No sé si habrá pasado usted por allí. Están agolpados de seis en fondo. Es imposible.

—El objeto que quiere sir John no está en las vitrinas. He comprobado que está en Reproducciones. Parece ser que su amigo Len Coker estaba haciendo un dibujo a escala de la pieza en el Estudio de Reproducciones, pero debería haber terminado hace mucho.

—No es exactamente mi amigo —replicó con timidez Waring.

—El camino más rápido es por la Biblioteca. El otro camino hacia el estudio es casi un kilómetro de pasillos.

—Sí, pero...

—Usted no tiene llave de la Biblioteca. Soy consciente de ello. Le he enviado las llaves. Luego devuélvamelas, claro.

Justo en ese instante uno de los mensajeros (Internos), con los pies planos y un mono de trabajo acolchado, entró sin hacer ruido y dejó un brillante manojo de llaves en la bandeja de entrada.

Waring las cogió, obediente. Estaba metido en un buen lío. Tendría que consolar a Haggie cuando llegara a casa e iba a hacer esperar al Director a saber cuántos minutos y cuarenta y cinco segundos.

La Biblioteca, como había observado la señorita Rank, era para uso del personal de un rango más alto que Waring Smith, que no ganaba lo suficiente para consultar los muchos miles de costosos libros de referencia. Estaba enterrada profundamente bajo tierra, al lado de los centros de recursos, los estudios y los laboratorios. Había un ascensor, pero su funcionamiento era incierto, así que Waring bajó corriendo por la escalera de caracol de hierro.

—Hola, señor Smith. No sabía que le diesen a usted acceso aquí abajo. —Jones estaba subiendo con esfuerzo hacia donde él estaba—. Yo voy a muchos sitios a los que usted no puede ir —añadió—. Le sorprendería.

Pero a Waring no le sorprendía.

—Supongo que viene a por algo para sir William —dijo, sabiendo que Jones quería detenerse para enseñarle el libro cuyo peso le molestaba visiblemente. El mohoso volumen era, de hecho, el primer tomo del estudio del profesor Untermensch sobre la escritura garamante, *Garamantischengeheimschriftendechifrierkunst.*

—En alemán —dijo Jones—. Ahora le ha dado por ahí. No mucha gente querría leerlo a su edad. Él nunca baja aquí, claro.

—Eso me ha dicho esta misma mañana.

—Quisiera comentarle una cosa, señor Smith. Puedo decírselo, porque no es usted un caballero. Sir William no va a durar mucho. No lo van a dejar.

—Bueno, tiene ochenta y cinco años —dijo Waring, conmovido por la confianza de Jones, pero deseoso de marcharse—, y me temo que su corazón no es demasiado fuerte.

—Tenemos derecho hasta al último pelo de nuestra cabeza y a cada aliento que respiramos, señor Smith. No sé si lo habrá oído decir. Fue el «Pensamiento del Día» en la radio ayer. Pero, créame, no lo van a dejar.

Se despidieron y Waring se apresuró por la Biblioteca. No había nada que lo tentara a quedarse; la digna sala de lectura tapizada de cuero de los viejos tiempos se había trasladado allí abajo y, debido a las nuevas normas de seguridad, había sido parcialmente transformada en una especie de amplia celda carcelaria, con estantes corredizos de acero, ventiladores protegidos por rejillas metálicas y una serie de reguladores preparados para verter agua y productos químicos en caso de incendio. Había dos gruesas puertas metálicas al fondo, una que conducía a la biblioteca particular del Director y otra que llevaba a los departamentos de Conservación y Servicios Técnicos.

En Conservación y Servicios Técnicos, el personal, felizmente alejado de las maniobras, los triunfos y los celos del Museo, parecía trabajar sin que nadie lo molestara. Fotografiaban, encolaban y reparaban, decidían qué no podía limpiarse, conservaban pequeños objetos con una capa de acetato de polivinilo, calculaban la edad y la humedad, y registraban con cuidado todo lo que poseía el Museo. Sus servicios eran muy especializados, y había ciertas personas empleadas allí por sus conocimientos expertos que no habrían sido toleradas en los departamentos de arriba. Una de ellas era Len Coker, cuya espalda ancha y casi cuadrada y cuyo pelo moreno, corto y muy rizado vislumbraba ahora Waring a través de la puerta abierta de su despacho.

La puerta siempre estaba abierta, y a Waring le dio tiempo a pensar que, aunque no fuera su amigo, como le había dicho a la señorita Rank, sí le caía muy simpático. Len Coker era un bicho raro. Tenía estudios de delineante de ingeniería, pero había llegado como estudiante de la Asociación del Museo hacía más o menos un año. Era un extremista político, defendía ideas de lo más radicales, y por las tardes asistía, o eso decía, a un curso de Promoción de Conflictos; pero en la vida personal se comportaba con amabilidad y, a menudo, timidez. Era un copista preciso y delicado, pero una vez dejaba a un lado sus instrumentos de trabajo, desaparecía esa pulcritud y se convertía en un manazas que rompía, perdía y estropeaba todo tipo de objetos indefensos.

En ese momento, un leve rasgueo (a Len le gustaban los tiralíneas antiguos) le dio a entender que no había peligro: estaba dibujando. En las mesas había varios objetos cuidadosamente colocados, desde guijarros con incisiones hasta un enorme arpón de pesca de la decimoctava dinastía. La

Muñeca de Oro ocupaba un lugar de honor. Una muñequita con una extraña sonrisa y las manos cruzadas, resplandeciente en su vitrina de fibra de vidrio. Dos cuentas de jaspe, como lágrimas en las mejillas, le habían dado el nombre de la Muñeca Llorosa.

—¡Largo de aquí! ¡No puedes llevártela!

Len no levantó la vista de su trabajo, y su observación sonó como una especie de rugido apagado.

—Solo una hora o dos, Len. Préstamela, sé buen chico. —Waring era consciente de estar hablándole como si fuese un perro grande—. Si no has acabado, te la devolverán en cuanto el Director termine con ella. Yo mismo me encargaré.

Pero Len ni siquiera había empezado a dibujarla. Sus objeciones eran solo una cuestión de principios.

—Es una conspiración, eso está claro, para negarle al personal raso del Museo la más mínima ocasión de observar y comentar. Creo que los dos estamos de acuerdo. Desembalaron y colocaron el Tesoro a toda prisa. Nadie ha podido estudiar nada. Este es el único dibujo a escala que me han pedido que haga, y ahora me meten prisa. Los experimentos se han descuidado. Se están perdiendo oportunidades de valor incalculable, o se habrían perdido si… —Se interrumpió un momento con gesto inexpresivo y luego continuó—: No se ha examinado como es debido. No se han hecho análisis.

—No irás a decirme que quieres una investigación sobre las causas de la muerte del Niño de Oro como la que hicieron con el pobre Tutankamón —dijo Waring—. Necesitarían toda clase de permisos. Nunca habríamos podido montar la Exposición.

—Los verdaderos investigadores deberían entrar gratis. Habría restos de vino, ungüento y materia vegetal. Tenía que haberlos. Se podrían haber analizado y comprobado. Se podría haber defendido la causa del conocimiento humano. Este ambiente de incomodidad y represión está acabando con el diálogo entre la dirección y el personal. Hasta me han dicho que han llamado a la policía con no sé qué excusa absurda.

—Sé por qué ha venido la policía —dijo Waring—. Todo el mundo lo está comentando. Han encontrado cannabis en macetas en uno de los alféizares de la planta baja.

—Pues claro —replicó con calma Len—. Lo he plantado yo.

—¡Tú! —replicó atónito Waring—. ¡Tú!

—¿Puedo preguntarte qué pretendes con esa típica reacción burguesa? Tú, una de las pocas personas a las que empezaba a tolerar. ¿Me señalas con dedo acusador y me culpas?

—No es cuestión de culpas. Me ha sorprendido porque me parecías una persona muy circunspecta. El otro día me dijiste que querías liberarte de todos los deseos físicos… No tener demasiado, no tener nada que no te hiciera falta.

—Cuando lo considere oportuno pondré en conocimiento de las autoridades mis motivos para cultivar *Cannabis indica* en sus instalaciones —dijo Len de manera más bien vaga— y devolveré las macetas que cogí prestadas sin el permiso de la Reina de Mayo y de su puñetero Departamento de Arte Funerario. Lo más importante, repito, es ser consciente de la corrupción que domina el Museo de arriba abajo. Para empezar, ¿sabes por qué se ha organizado esta Exposición?

—Sí —respondió Waring.

—¿Cómo te has enterado?

—Encontré un informe en el despacho de sir William, y pensé que por qué no leerlo.

Len pareció un poco desconcertado, pero se recuperó.

—No diría nada que, de una manera u otra, no sepa yo de sobra. Están locos si creen que pueden ocultar sus secretos a un artesano inteligente que cuenta con el apoyo del Sindicato de Trabajadores Científicos. Lo único que pido es tiempo, y día tras día me lo niegan. Ahora quieren fotografiar todos estos objetos antes de que termine los dibujos. Peor aún: van a enviar uno de ellos al Museo del Hombre. Sin mi conocimiento ni mi consentimiento. ¡Mi arpón de pesca!

Bajándose con torpeza del taburete, todavía inmerso en su sueño, cogió el largo arpón y dio una lanzada en el aire. Perdió el equilibrio y la pesada asta de marfil pareció tomar el control mientras él giraba como una peonza y caía hacia delante; uno de sus brillantes dientes atravesó el pie izquierdo de Waring, hiriéndolo y clavándolo al suelo.

Len lo miró con profundo interés.

—¡Igual que Patricio! ¡El supuesto santo! Un típico caso de estudio. ¡Cuando estaba predicando a los irlandeses! Se apoyó en su báculo y le atravesó el pie a un tipo. Pero el hombre no dijo nada, ¡pensó que era una prueba religiosa y la soportó sin decir palabra!

—Bueno, pues yo sí voy a decir algo —gritó Waring—. Sácame esto del pie, pedazo de inútil.

Len enseguida se volvió compasivo e incluso amable. Extrajo la punta del arpón con habilidad, le puso una venda y le dio a Waring un par de calcetines tejidos a mano que estaban secándose en el radiador. Waring aprovechó la ocasión, mientras Len estaba arrepentido, para hacerse con la Muñeca de Oro y llevársela al piso de arriba.

La señorita Rank lo recibió con frialdad.

En ese mismo instante el Director salió de su despacho personal, y Waring entrevió al profesor Untermensch casi abrazado a él. ¡Qué raro parecía Untermensch, pequeño y moreno, aferrado a su maletín, el símbolo del intelectual victorioso, y tan emocionado que parecía un bonzo de alguna religión desconocida aproximándose a la fuente de su devoción! La señorita Rank tomó nota, con una desaprobación indiferente, de los calcetines tejidos a mano de Waring, y de su cojera.

—Nunca le había visto cojear, señor Smith —dijo.

Waring reflexionó que la señorita Rank y Len Coker, aunque no tuviesen ninguna otra cosa en común, coincidían en su desprecio por el modo en que funcionaba el mundo. El Museo había ampliado la hora de apertura con una sesión extra de seis a ocho; y en todo el edificio, deslumbrante de luz, los funcionarios, ejecutivos y guardas, siervos del Tesoro Dorado, acumulaban una gran cantidad de horas extras. A las ocho en punto, todo el Museo pareció recomponerse y suspirar mientras unos tristes silbatos reverberaban en sus rincones más recónditos. La cola para entrar desapareció, la corriente para salir se dispersó, medio muerta de cansancio, aferrada a catálogos ininteligibles y a reproducciones baratas de la Madeja de Oro, mientras los altavoces les recordaban el gran privilegio que habían tenido y les pedían que, a cambio, no tiraran basura al suelo.

A lo largo de la tarde y de la noche, Waring llamó a casa varias veces, pero no hubo respuesta; Haggie debía de haber salido. Era hora de cumplir su promesa y recoger a Dousha, a quien encontró despierta y preparada. Había tapado la máquina de escribir y el despacho estaba ordenado, pero sir William, más alerta y despierto a medida que avanzaba la noche, seguía sentado a su escritorio. Dedicó a Waring un amable gesto con la cabeza.

—Venga a hablar un momento conmigo después de acompañar a esa joven a casa —dijo.

—Bueno, yo también tendré que volver a casa…

—Venga solo un momento. No será tan tarde. La gente exagera mucho la diferencia entre la noche y el día. ¿Qué le pasa en el pie?

Waring no quería hablar de eso. Seguía sintiendo afecto por Len Coker, y el accidente con el arpón era difícil de explicar de forma convincente. Por suerte, sir William, que podía ser muy insistente, no dijo nada más.

Dousha, a quien era difícil ver de pie o andando, estaba enorme, floreciente y radiante. Llevaba un vestido suelto, aparentemente hecho de muchos retales remendados, con varios chales encima y otras prendas abotonadas como si tal cosa. Parecía una princesa disfrazada.

Waring había sacado diez libras con su tarjeta del banco del personal y había decidido no preocuparse por nada, al menos las dos horas siguientes. La verdad era que estaba deseando comer algo. Haggie y él habían decidido gastar lo menos posible en comida, que, al fin y al cabo, no era importante —comieses lo que comieses siempre te sentías igual al terminar—, y nunca iban a restaurantes. Pero esa noche, al fin y al cabo, la responsabilidad no era suya, solo iba a satisfacer un impulso amable de sir William. Ya puestos, podía sacar partido de la situación.

En el vestíbulo aún había mucha gente yendo y viniendo; no obstante, no había nadie a quien Waring conociera de verdad, solo Len Coker, con una gabardina de cartero y presumiblemente camino de una reunión. Por alguna razón se detuvo al verlos pasar, se quedó allí y los miró fijamente. Tal vez pensara que eran unos frívolos, o quizá —esperó Waring— estuviese preocupado por su cojera.

Como después tendría que volver al Museo, Waring sugirió que fuesen a un pequeño restaurante que había en la plaza de al lado, porque había oído a la señorita Rank decir que era muy bueno. Mientras andaba con Dousha entre los plátanos de sombra empapados y las farolas neblinosas decidió que, en cuanto pudiese, llevaría a Haggie al mismo sitio.

El restaurante, que antes se había llamado «El Grupo de Bloomsbury», «Lytton Strachey Durmió Aquí», «La Fonda de la Cocinera», «Comilones» y «Bistro Solzhenitsyn», ahora ostentaba el nombre de «La Crisis». Era tan pequeño y sofocante que resultaba sorprendente que nadie quisiera entrar.

El menú del día, aunque todos los días había lo mismo, estaba escrito de manera aparentemente improvisada con tiza en una pizarra; la letra estaba tan apretada que era imposible leer los nombres de los platos o sus elevadísimos precios bajo la tenue luz que arrojaban las velas pegadas con su propio sebo a las mesas de madera. Camareros bisexuales con pantalones blancos batallaban como gondoleros en mitad de la corriente entre las mesas cojas y colocaban cestas de mimbre llenas de basto pan carcelario y pequeñas botellas de vino rosado, rellenas con las heces de los vasos del restaurante de al lado, sobre el mantel de tela de arpillera.

Waring y Dousha no vieron nada criticable y se dispusieron a disfrutar. Waring empujó a Dousha hacia una mesa al fondo de la sala que era tan incómoda, encajada como estaba debajo de un perchero eduardiano, que aún seguía vacía.

Al virar detrás de la ancha figura de Dousha, a través de un rastro de cubiertos que sus prendas habían tirado de las mesas de pacotilla, se sintió reducido a una no entidad. Pero qué diferente fue cuando ella se sentó con una sonrisa tan amplia que casi parecía una risa.

—Está bien este sitio —dijo, mirando complacida a través de la neblina maloliente. No lo estaba, pero Dousha hacía que lo pareciera.

Waring se quedó mirando la pizarra.

—Permítame que escoja algo para usted —dijo—. Le prometí a sir William que la cuidaría bien.

El menú estaba escrito en una extraña mezcla de francés e inglés antiguo, y al *boeuf en daube* le seguía un mejunje indescifrable.

—Todo parece engordar bastante —dijo, y luego se sintió irritado consigo mismo, pues había repetido mecánicamente una observación de Haggie, sin pararse a pensar en la enorme y ya rolliza Dousha.

—Oh, da igual —replicó ella, impasible—. Sir William solo se preocupa de que no me falten proteínas. Estoy embarazada, ¿sabe?

—Vaya, Dousha, ¿de verdad? Quiero decir, ¿está usted bien, se alegra? —Apenas la conocía lo bastante para preguntarle nada más concreto.

—Pues claro que estoy bien. Estoy muy contenta con mi trabajo. No tengo que hacer gran cosa. Sir William conoció a mi padre en una expedición al monte Ararat. Por eso nos hicimos amigos, por mi padre, cuando yo no sabía qué hacer ni dónde ir, y ahora tengo un buen empleo y estoy embarazada. La maternidad es la gran felicidad de la vida de una mujer.

—Entonces ¿su padre era arqueólogo? —preguntó Waring, sin saber qué más decir.

—No, era luchador, y mi madre malabarista.

Dousha se arrellanó en la silla desvencijada y pidió caracoles, callos supuestamente cocinados con nata y pudín de manteca con melaza.

Cualquier expectativa vaga e inconsciente que Waring hubiese podido tener de la velada desapareció con las alusiones ocasionales de Dousha al bebé que estaba esperando, pero no pudo evitar divertirse ante su relajada luminosidad. La dejó, como había convenido, en la puerta de su piso sobre una verdulería chipriota, y volvió al Museo, la última obligación de un día muy largo antes de poder darle explicaciones a Haggie.

Aún había varias luces encendidas aquí y allá en las dos alas delanteras del edificio. El patio lo habían limpiado unas barredoras mecánicas y estaba vacío bajo la gélida luz de la luna. Las barreras de seguridad estaban preparadas, en su sitio, para contener a las multitudes al día siguiente. Las puertas principales estaban cerradas. Waring mostró su pase y le dejaron pasar por una entrada lateral a las galerías asirias.

Allí las luces estaban apagadas, tal vez por un error administrativo, y fue una suerte que Waring conociera tan bien el camino. La galería, con sus gigantescos toros de cabeza humana uno al lado del otro, estaba muy oscura. La luz de la luna se colaba por un triforio de arriba, pero solo alcanzaba a señalar, cual dedo índice, aquí un ala, allá un ojo, y a iluminar las cabezas colosales que parecían alzarse despacio, como se decía que hacían los seres antiguos, desde las regiones subterráneas. Waring tuvo la absurda sensación de que había alguien moviéndose detrás de las estatuas. De ser así, se estaría dirigiendo sigilosamente hacia la Exposición. Waring pensó en gritar y preguntar quién andaba ahí, pero no quería ponerse en ridículo. Quizá la escala gigantesca de las estatuas causara ese efecto sobre los nervios. Casi invisibles, las criaturas aladas y barbadas miraban ceñudas, eclipsadas por el oro garamante que había invadido sus dominios.

Semejantes fantasías son inexcusables para el encargado de una exposición. Waring pensó si la comida en La Crisis estaría en mal estado. Y, de ser así, ¿cómo se encontraría Dousha? El ascensor no funcionaba y subió trabajosamente por las escaleras, preguntándose cómo demonios bajaría sir William. Sin duda Jones, que parecía ser partícipe de todos los secretos del Museo, conseguía poner en marcha el ascensor. No había por qué preocuparse por sir William, pero no podía evitarlo. Por absurdas que fuesen las diatribas de Len Coker, era cierto que, desde la llegada del Tesoro, en todos los departamentos del Museo se había instalado el mismo vago desasosiego.

A esas horas de la noche sir William acusaba todos y cada uno de sus ochenta y cinco años. Estaba hundido en la silla de su escritorio como un viejo fósil blanqueado en una grieta.

—Gracias por venir, gracias por acordarse de volver. Me recuerda, sabe usted, a un joven que me fue de mucha utilidad, en Abalessa, o Tebu. Creo que...

—No sé cómo es posible —dijo con amabilidad Waring—. Me crie en la isla de Hayling.

—Bueno, bueno, soy viejo, necesito que me recuerden las cosas... Dousha está bien, ¿no? Solo quería que disfrutase un poco, por una vez. Es una buena chica, será una madre excelente. —Waring no supo qué responder a eso, pero el anciano continuó—: Solo quería que devolviese usted esto a su sitio. Abajo está cerrado, claro, así que solo será un momento. —Le dio la tablilla de arcilla roja que Waring había visto antes—. No tendría que haberla cogido. No quería ver todo lo que hay en la Exposición, pero me apetecía echar un vistazo, creo que se lo dije, a su escritura, y Jones me subió esto. Vuelva a dejarlo en su sitio y así no se armará ningún revuelo, ni dirán que ha desaparecido...

—¿Le da igual si lo dejo mañana? No he oído que vayan a hacer ninguna comprobación, y las tablillas no están catalogadas individualmente. Están todas bajo «Hallazgos Misceláneos».

—A los ochenta y cinco, he tenido un inesperado remordimiento —murmuró sir William—. Y si esta noche fuese el fin del mundo, o, lo que es más probable, mi última noche... Lo malo es que no sé con exactitud de dónde la sacó Jones...

—Oh, las tablillas están en la sala dos —dijo Waring, tranquilizándolo—. Todas juntas, sobre un fondo de arena del desierto y ampliaciones de las cuevas..., para ambientarse, ya sabe. No hay las mismas medidas de seguridad que en la sala de dentro. No están en una vitrina de alta seguridad..., solo en una vieja vitrina que han cogido prestada de Romano-Británico. Si de verdad le preocupa, iré a dejarla ahora mismo.

Tuvo la sensación de que el espíritu de aquel anciano que había trabado amistad con él estaba vagando entre el pasado, el presente y el futuro. Era evidente que estaba preocupado. No tardaría ni veinte minutos en devolver la tablilla y en intentar explicarle a Haggie ese nuevo retraso. Nada en realidad.

Por segunda vez aquel día, Waring recibió un manojo de llaves —en esta ocasión, un juego completo, sin usar, de toda la Exposición—, y sir William volvió a sacar la tablilla. Medía unos quince por cinco centímetros, y estaba sorprendentemente bien conservada; sus misteriosas columnas de símbolos estaban muy bien definidas, como si hubiesen hecho las incisiones en la arcilla rojiza el día anterior. Había docenas como ella en la Exposición. Waring la metió con cuidado en un sobre y tiró el desagradable extracto del banco que había contenido hasta entonces.

—Déjemela a mí. Yo me encargo. No es ninguna molestia. Buenas noches.

—Buenas noches, Waring —dijo sir William, que había empezado a quedarse dormido.

Ciertamente, no era ninguna molestia. Waring conocía la disposición de los objetos de la Exposición como cualquier otro en el edificio, y estaba convencido de poder explicarse si la patrulla nocturna llegaba cuando estuviera abriendo la vitrina. En cualquier caso, Jones estaría en el edificio hasta que se marchara sir William y podría dar la tranquilizadora explicación de que el señor Smith hacía estas cosas porque no era un caballero. Casi podía dar por cumplida su misión, y dejó que Haggie y la hipoteca ocupasen sus pensamientos conscientes.

Había pasado ya por la Sala 1, que estaba consagrada a unas fotografías muy ampliadas del libro de sir William sobre la expedición de 1913, montadas sobre paneles con explicaciones muy claras y dispuestas como una especie de laberinto que conducía al descubrimiento del Tesoro. Se encontraba ahora en la Exposición misma, sumida en un silencio expectante como si se estuviese preparando para la enorme procesión de curiosidad, aburrimiento y sorpresa del día siguiente. La iluminación principal se apagaba automáticamente por la noche, pero la luz de algunas vitrinas seguía encendida y arrojaba un leve resplandor azulado, suficiente para ver por dónde iba.

Sin dificultad y sin que nadie le molestara abrió la vitrina VIII, dejó la tablilla en el montón artísticamente dispuesto, y volvió a cerrarla. Esperaba que sir William no quisiera tomar prestado nada más. Ya había hecho bastante por un día. En tres cuartos de hora estaría en casa.

Le embargó el impulso repentino de echar otro vistazo al sarcófago del Niño de Oro. Durante el desembalado y la instalación, durante las sesiones de fotografía y catalogación, día tras día tras día, el Niño no había sido más que el centro de las idas y venidas. ¿Qué aspecto tenía en realidad? Sin pararse a pensarlo, Waring dio media vuelta y atravesó la sala de las tablillas hasta el *sancta sanctorum*.

El Niño de Oro yacía en su doble sarcófago de sal cristalizada, con la tapa exterior abierta para que pudiese verse la de dentro. Una pintura ritual en la tapa del sarcófago exterior mostraba el retrato del príncipe, pero la pintura del interior mostraba el rostro de un niño, arrugado como algo que nunca había nacido y a lo que nunca se le había permitido morir. Todas las arrugas, no obstante, estaban cubiertas de una gruesa capa de oro. Esta segunda tapa también estaba entreabierta, para que se pudiera vislumbrar el minúsculo cuerpo, envuelto en tiras de lino. En la vitrina de al lado estaba su colección de sonajeros y chupetes dorados, para consolarlo en su largo viaje. Había un espacio vacío con la etiqueta RETIRADO TEMPORALMENTE, por la Muñeca Llorosa que Waring había ido a buscar esa mañana.

Luego reparó en otra cosa. La Madeja de Oro, cuyo fin era devolver al niño muerto a nuestro mundo, no estaba.

Una espantosa sensación embargó a Waring en los nervios de la parte baja de la espalda, como si el miedo le estuviese sorbiendo la carne de los huesos. Oyó un leve ruido a su espalda. Bueno, date la vuelta y mira a ver qué es. Cualquier cosa antes que eso, pensó. En ese instante, el borde cortante de un cordel le rodeó el cuello y alguien tiró de él hasta que le dolió, y notó que la lengua se le salía de la boca en busca de aire y perdió la conciencia.

3

Antes de que pudiera abrir los ojos, entre una confusión de ruidos que sabía que estaban dentro, y no fuera, de su cabeza, Waring oyó la voz lúgubre e inconfundible de Jones.

—¿Se va recuperando, señor Smith?

—Voy a vomitar —dijo Waring.

—Ya ha vomitado.

Jones estaba pasando la fregona. Lo primero que pensó Waring fue: «Me lo merezco por comerme esa cena tan cara sin Haggie». Fragmentos de esa idea se rompieron, brillaron y cayeron al suelo de su imaginación. Le estaban serrando la cabeza en dos, y el intenso dolor del cuello era como un reflejo del dolor de su pie herido. Después de un agotador día de trabajo como AP3 (Museos), haciéndolo lo mejor que sabía, era un objeto herido, una víctima, apenas capaz de incorporarse.

—Alguien me ha estrangulado —dijo.

—Yo diría que lo ha intentado —replicó Jones con amable entusiasmo—. No ha tenido mucho éxito. Ha debido de oírme salir de los almacenes. Por la noche me gusta hacer una pequeña ronda. Se ha desmayado usted, nada más. No digo que no sea doloroso.

—¿Ha visto a alguien?

—Puede que haya escapado por la otra salida, al otro extremo, si tenía las llaves.

—Yo llevaba las llaves de sir William. ¿Dónde están? ¿Las ha cogido usted?

—Aquí no había ninguna llave, que yo sepa. La verdad es que no entendía cómo había llegado usted aquí.

—Entonces se las han llevado. He perdido las llaves.

—No se preocupe por eso. Puedo conseguir otro juego para sir William.

Eso era lo único que le importaba a Jones. Waring no podía pensar en tantas cosas al mismo tiempo. Era como si tuviese un anillo de fuego alrededor del cuello. Jones le ayudó a ponerse en pie.

—Es probable que vuelva a vomitar, señor Smith. Dicen que son tres veces.

—¿Quién ha sido? ¿Con qué lo ha hecho?

Se apoyó en el frío cristal de la vitrina. La Madeja de Oro, que no estaba cuando llegó —eso lo recordaba con claridad—, había vuelto a su sitio.

—Le ha dado tiempo.

—¿A qué? Bueno, ¿qué hacemos con usted ahora? Si se queda aquí sentado puedo ir a buscar algo al botiquín, o puedo calentar agua en el hervidor si quiere beber algo caliente.

El paso evidente, llamar a un médico o a la policía, sencillamente no se le ocurrió a Jones, que prefería no tener nada que ver ni con los unos ni con los otros. Además, tenía su propia explicación del incidente. En su opinión, era la Maldición del Niño de Oro.

—Diga usted lo que quiera, pero algo hay —repetía sin cesar.

Waring intentó darle las gracias. Sentía un deseo abrumador de irse a casa. Sus ideas se esforzaban penosamente por conectar unas con otras. ¡La vieja costumbre! Alguien le había atacado dos veces en el mismo día. Bueno, la primera vez Len no había querido hacerle daño. Pero ¿hasta qué punto era violento? ¿Hasta qué punto era responsable de sus actos? Aunque no era propio de Len darse a la fuga. Era más probable que se hubiera quedado para soltarles un sermón a Jones y a él sobre la necesidad de poner los depósitos de arte de todo el mundo en manos del Pueblo. De todas formas, no podía entender a Len. ¿A qué venía lo de la maceta de cannabis? Era una estupidez. En lo único que podía confiar era en un instinto que le decía que, a pesar de todo, las intenciones de Len eran buenas. Sin duda, no podía permitirse perder su empleo. ¿Quién podía, incluso sin hipoteca? ¿No sería mejor, pensó otra vez, no decir nada de sus heridas? Por suerte, de todos los guardias del edificio, Jones era el más indicado para pedirle que guardara un secreto. Bastaría con la insinuación de que había sido un encargo de sir William, lo cual al fin y al cabo era cierto. Y luego, gracias a Dios, podría volver a casa, ponerse en manos de los tiernos cuidados de Haggie e irse a la cama.

—Creo que me las puedo arreglar para irme a casa —dijo.

—Hágame caso y no venga mañana. Una baja por enfermedad no le hace daño a nadie. Pero está usted hecho un desastre. Va a asustar a todo el mundo en el metro.

Waring todavía llevaba puesto el abrigo; no se lo había quitado desde que salieron de La Crisis. Jones le ayudó a abotonárselo hasta el cuello para ocultar las llamativas marcas.

—No es para tanto, señor Smith. No digo que no duela. Debería cubrirse el cuello con un calcetín si le molesta la garganta, uno tejido a mano, como esos que lleva.

Waring miró hacia abajo con esfuerzo.

—Son del señor Coker —dijo, recordando.

—Tómese un día libre y ya verá como mañana está como nuevo.

—Desde luego ha llegado usted en el momento justo, Jones. No sé qué habrá pensado al verme ahí tirado.

—Me he llevado un susto, pero no se preocupe. Así no me aburro.

Waring estaba en las escaleras del Museo. ¡Y menuda noche hacía fuera, con la luna abriéndose paso por un cielo tormentoso, desgarrado y en constante movimiento! La calma se había roto: soplaba viento en altura. Respiró profundamente el olor de las hojas mohosas que impregnaba los millares de aceras. Podía irse a casa. Andando sería más o menos una hora de camino, a través de Westminster y el puente de Lambeth, pero estaba demasiado mareado para arriesgarse a ir en metro, aunque a esas horas de la noche muchos pasajeros tendrían un aspecto tan desaliñado y extraño como él. No, iría a pie. Estaba tan cansado que no podía pensar en nada que no fuese dormir. Era como si su cama fuera andando a su lado, gesticulando con sus sábanas y almohadas.

La esquina conocida, la charcutería de Clapham que abría toda la noche, el tendero bengalí sentado pacientemente al lado de su radiador de aceite, el siguiente giro, el segundo a la derecha, doce escalones arriba. Entró en el piso sin llamar. En realidad era un dúplex, aclaraba siempre Haggie. En el aparador de la cocina había dos cartas: una era de la Whitstable and Protective Building Society; no la abrió. La otra no tenía sobre, era una página de cuaderno arrancada:

Querido W: Ha venido Caroline. He hablado con ella y a las dos nos parece increíble que seas tan increíblemente desconsiderado, pero llegados a este punto ninguna de las dos puede hacer gran cosa. Sé que para ti es más divertido salir con Dousha de vez en cuando, acordamos no estar atados, al menos eso creo, al menos Caroline lo cree. Pero últimamente siempre te quedas hasta tarde en el Museo. Voy a instalarme con ella en el piso que tiene ahora en Hackney. Ya te mandaré la dirección. He lavado la ropa porque no tenía otra cosa que hacer, así que tendrás suficiente para la semana que viene. Quiero aclarar mis ideas, porque en este momento soy increíblemente infeliz.

Era el lenguaje de las más profundas emociones de Haggie y, por desgracia, no tenía nada de increíble. Pero Waring había llegado al punto en que ni siquiera podía sentir aquello. Se acostó y se sumió en un sueño demasiado profundo como para que lo perturbara ninguna pesadilla.

—Ha llegado a mi conocimiento algo extremadamente preocupante —dijo el Director.

Hawthorne-Mannering, a quien había convocado inesperadamente a las nueve de la mañana del día siguiente, sintió una aguda punzada anticipatoria en el estómago. No es que creyera que tuviese nada que reprocharse. Pero su naturaleza hipersensible estaba siempre a la espera de un desastre inminente con él de protagonista, exhibido y señalado primero, y luego arrumbado y olvidado. Se alisó el pelo con las manos secas y frías.

—No tiene nada que ver con su trabajo, Marcus —continuó sir John—. Sin duda tiene usted sus limitaciones, pero no tengo ninguna crítica sobre lo que hace. No obstante, no le habría pedido que viniese a verme tan temprano si este asunto no tuviese que ver con la Exposición que, por una confusión que no vale la pena recordar en este momento, se convirtió en la responsabilidad nominal de su Departamento. —Hizo una pausa para escuchar los ecos distantes de las campanas que indicaban que, en tres cuartos de hora, el Museo abriría al público—. Lo que ha ocurrido es simple, en cierto modo, pero espantoso —continuó, abriendo el cajón superior derecho de su escritorio.

Dejó sobre la extensión de papel secante un inmaculado y pequeño objeto de oro: la Muñeca Llorosa. Con un dedo la puso en pie con delicadeza y las lágrimas cristalinas de su rostro brillaron cuando pareció incorporarse sobre los pies extendidos.

—Por supuesto, asistiría usted a la conferencia de ayer. —Hawthorne-Mannering asintió con la cabeza, sin apartar la vista de la muñeca—. Creo que conoce usted bien a Rochegrosse-Bergson.

—Bastante bien. Se quedó un poco cortado cuando...

—Ya. No es de eso de lo que quiero hablar. ¿Y a Untermensch?

—Untermensch. Me temo que no lo había visto nunca.

—En la conferencia... ¿notó algo fuera de lo normal? ¿Su actitud? ¿Le pareció raro?

—Siento decir que no me fijé mucho en él. Claro que no tiene nada que ver con mi campo... He tenido que estudiar mucha Garamantología en los últimos tiempos, pero no la suficiente para hablar con un especialista... Sabíamos, claro, que iba a tener una conversación privada con usted, poco después...

El Director guardó silencio un momento.

—Después de la reunión de ayer, cumplí la promesa que le había hecho al profesor Untermensch, que, como ya sabe, se ha pasado la vida analizando la escritura jeroglífica de los garamantes. Me dijeron que hacía mucho tiempo que quería tener en sus manos y observar de cerca uno de los objetos del Tesoro. Esto, aunque pueda parecer infantil, era comprensible. Pedí a la sección de la Exposición que me enviaran el número 232 del catálogo, una muñeca ejecutada en oro y jaspe, una de las piezas de las tumbas. Es la que ve ahora sobre mi escritorio. Hubo cierto retraso en el envío. Cuando por fin llegó, justo a tiempo, según me ha dicho la señorita Rank, se la di, con las debidas precauciones, a Untermensch.

—¿Y qué dijo?

—No es que dijera nada exactamente. —El Director abrió bruscamente los brazos—. Se rio. Así: «¡Jua, jua, je, je! ¡Jua, jua, je, je!».

La aguda risotada cortó el aire del despacho con un efecto aterrador. Hawthorne-Mannering no sabía que el Director supiese imitar tan bien. La imitación fue tan exacta como un señuelo para pájaros.

—Esperé una disculpa. Le dije a Untermensch que podía hablar en francés o alemán si quería expresarse con más claridad. Pero siguió en inglés. Me dijo que la única lengua que conocía a la perfección era el garamante.

A Hawthorne-Mannering le había inquietado aquella risa.

—¿Y luego?

—Me dijo que este juguete, este artefacto, no era un original, sino una réplica. El Pájaro de Oro, la Copa de Oro, el Cordel de Oro, son todos réplicas. Las joyas son falsas. La máscara sagrada y el cuenco de leche son copias muy recientes. Lo único auténtico que hay en la Exposición…, una exposición en la que el nombre del Museo, y, de hecho, el del Gobierno británico, están profundamente implicados, son esas condenadas tablillas de barro que están por todas partes y que por lo visto pueden comprarse por unos pocos peniques en los bazares de Trípoli.

—¡Eso es imposible! —exclamó Hawthorne-Mannering. Aunque pareció acurrucarse y encogerse, como atravesado por una flecha—. ¿Le ha permitido usted que lo vea todo?

—En cuanto se cerró el Museo al público. No tardó mucho en examinarlo. A ver, Marcus, ¿por qué dice que es imposible?

—Por mil razones. Debe de haberlas repasado usted ya. Las conoce mucho mejor que yo. El Gobierno garamante, los del seguro, los expertos que supervisaron la entrega allí, los diplomáticos, los expertos de aquí, todo el mundo, todas las razones imaginables.

—El Gobierno garamante puede haber tenido sus propios motivos para enviarnos una exposición falsa. Es una cuestión que tendré que tratar con el Ministerio de Exteriores. La valoración de los seguros se hizo en Trípoli, donde los agentes de Lloyds estaban convencidos de que tenían delante los objetos reales. Ignoro si lo eran de verdad, o si lo que vieron fue lo que nos enviaron. Recordará que el Tesoro solo está verdaderamente asegurado contra los daños en el viaje. Su valor es incalculable y fue puramente simbólico, creo que se estableció en dos o tres millones de libras.

—Por supuesto, habrá contactado usted con la embajada británica en Garamantia, ¿no?

—Una pérdida de tiempo. Está claro que ya han metido la pata. Eso también habrá que investigarlo. El agregado de Negocios, dicho sea de paso, es Pombo Greene, de quien me consta, pues estuvo en mi nombramiento en Eton, que es extremadamente simple e incompetente.

—Pero nuestros departamentos...

—Su departamento, Marcus, Arte Funerario. La responsabilidad última de esta exposición es suya. Habría sido perfectamente posible para usted declinar esa responsabilidad: Egiptología estaba deseando hacerse cargo, y también, pese a su escasa cualificación, Cerámicas sin Esmaltar; pero, como es natural, usted no declinó. ¿Qué pensó de los objetos de las tumbas cuando los desembalaron?

—Nunca había visto nada parecido —replicó envarado Hawthorne-Mannering—. Di por sentado que su proveniencia estaba garantizada. No es mi campo.

—¿No sospechó usted nada raro?

—Lo habría dicho en el acto...

—No necesariamente. A discreto no le gana nadie, Marcus.

—De oro son, desde luego —dijo Hawthorne-Mannering—. De eso estoy seguro.

—Ciertas zonas están recubiertas de pan de oro. Pan de oro muy reciente. Untermensch tenía una muestra en su maletín; mandé pedir más a Conservación y él mismo me mostró cómo se hacía.

—¿Él qué sabe? —le espetó Hawthorne-Mannering con desacostumbrada energía—. Dígame, ¿él qué sabe? Esa es la cuestión, ¿no? ¿Por qué iba a saber nada Untermensch? Al igual que nosotros, nunca había visto el Tesoro. ¡Nunca! Para eso ha venido a Londres: ¡para verlo por primera vez!

—Si algo he aprendido a lo largo de mi carrera —replicó el Director— es a reconocer a alguien que sabe de lo que habla, a un verdadero experto, cuando lo tengo delante. No sé si Untermensch tiene razón; como todos los demás científicos, ha tenido que estudiar Garamantología por vías indirectas. Lo único que puedo decir es que, después de oír sus explicaciones, tuve la sensación de que no podía pasar por alto su opinión. El incidente me ha llenado, como debería haberle llenado a usted, de unas dudas muy profundas. Podemos estar al borde de un escándalo que destruiría la credibilidad del Museo, tal vez de todos los museos, para siempre.

Hawthorne-Mannering parecía entre asfixiado y lloroso.

—¡Sir William! Podemos comprobar qué hay de cierto en todo esto ahora mismo. Es la única persona fuera de Garamantia capaz de autentificar el Tesoro. ¡Podemos preguntarle a sir William! ¡Preguntarle qué opina!

—Ha sido muy desafortunado que sir William no pudiera viajar a África para supervisar toda la operación. Pero sus médicos dijeron que el viaje lo mataría, y sabemos que, desde que llegó el material, se ha negado a verlo, se supone que por motivos sentimentales.

—Envió a ese tal Jones a buscar algo. Lo sé de buena tinta.

—Una o dos tablillas de barro, estoy informado. Esas, como le he dicho, son auténticas, pero son basura, las metió de relleno el ministro garamante de Información, Cultura y Salud Mental.

—Aun así, su objeción a ver las piezas no puede ser nada serio... Podría enseñarle usted la Muñeca, así nos quedaríamos tranquilos.

—Sir William es mi amigo y mi benefactor —dijo despacio el Director—, y creo que, hasta cierto punto, respeta mi criterio. Preferiría que no me tomara por un idiota. Aunque eso, en sí mismo, no tiene mayor importancia. Si dudo es por la actitud bien conocida de sir William. Si el Tesoro resulta ser una gigantesca falsificación, no puedo confiar en que no se lo cuente a alguien; podría hasta tomárselo a risa. No es, como yo, responsable ante los administradores, dos de los cuales han sido nombrados por la Corona. No es un hombre del Museo. No entiende, como nosotros, lo que significa que nuestro buen nombre y nuestra dignidad estén en juego.

La voz del Director tembló con el orgullo y los amargos celos que son la poesía de la gestión museística. Hawthorne-Mannering comprendió enseguida que había llegado al meollo de la cuestión. Pero lo atenazó otra preocupación angustiosa.

—¿Y si alguien del público se da cuenta?

—He dado ya instrucciones al personal, con la excusa de ahorrar, de que atenúen las luces.

—Y, entretanto, si no podemos contar con sir William, al menos en lo que se refiere al oro podemos consultar con alguien, un africanista, un egiptólogo, incluso un herrero o un joyero en activo… Harari, en la calle Coptic, es un gran entendido.

—¿Y qué le pregunto exactamente?

—Bueno, podría decirle «¿Cree usted que este oro es antiguo o una buena réplica?», o algo por el estilo. Podría decir que lo han hecho en Servicios Técnicos. Al fin y al cabo el Museo se reserva el derecho a hacer copias.

—¿No debería yo saber si es una réplica, de haberla hecho en uno de nuestros departamentos?

—En ese caso tendríamos que ser más francos… Admitir que es una de las piezas de la Exposición y que tenemos motivos para dudar de su autenticidad.

—¿Y cómo planteo la petición? «¿Podría usted decirme si este objeto que se muestra a diario, previo pago, a miles de personas en el museo más famoso del mundo, que aparece ilustrado en nuestro catálogo y conocen todos los niños en edad escolar del país es, de hecho, una ingeniosa imitación, hecha en la casba?»

—Podría pedirle que tratara el asunto con discreción. Bueno, más bien, que prometiese guardar el secreto…

—¿Y cuánto duraría eso? ¿Cuánto tiempo pasaría antes de que alguien hiciese alguna insinuación y se enterasen los medios? Aunque fuese dentro de veinte o treinta años, bastaría una palabra en alguna biografía o un libro de memorias indiscreto… ¿Y qué sería entonces de nuestra reputación? Su caso es diferente, Marcus; nunca podrá decir nada. Permítame que me atreva a recordarle que el responsable último de la Exposición es usted.

Lo dijo con amabilidad, pero Hawthorne-Mannering se encogió y retorció.

—No tengo ni idea, ni la menor idea, de qué conviene hacer.

—No tiene buen aspecto. ¿Se encuentra bien?

—Estoy un poco mareado.

El Director sacó una botella de fino La Ina de un aparador y le sirvió una copa generosa a su subordinado. Eran las nueve y media de la mañana.

—¿Se marea usted a menudo?

—No, no. Solo me pasa a veces.

Hawthorne-Mannering dio un sorbo con delicadeza. El Director no bebió nada, pero empezó a ir y venir por el despacho.

—Necesitamos un experto a quien mostrarle este objeto sin preguntarle si es auténtico o no... Solo como si fuese algo interesante, para reparar en sus reacciones. Un entendido, que valore las piezas solo por su belleza y antigüedad.

—¿Rochegrosse-Bergson?

—Bergson no sabe nada, ni de esto ni de ninguna otra cosa. Haga el favor de centrarse, Marcus.

—Mis disculpas. Pero si el hombre en cuestión tiene que ser también garamantólogo... ¿No será alguien más bien raro?

—Por suerte en el mundillo de los museos abunda la gente rara. El hombre que necesitamos existe. Nunca ha publicado nada, solo una nota o dos en *Antiquitas*. Pero es probable que sea, después del propio sir William y de Untermensch, el mejor garamantólogo del mundo. Incluso se ha sugerido, en absoluto secreto, claro, que se le ha permitido ver el Tesoro mismo, aunque eso sería una cuestión política, un tanto fuera de mi competencia.

—¿Quién es? ¿Dónde vive?

—Se llama Semiónov... El profesor Cyril Ivanovitch Semiónov. Es profesor agregado en la Universidad de Moscú.

—Pero ¿por qué no ha visitado la Exposición? No ha venido ninguna delegación rusa...

—Recibieron una invitación por los canales habituales, pero no enviaron una respuesta oficial... Por motivos puramente diplomáticos, según me dicen. Estados Unidos, Cuba, Francia, Egipto y China están negociando concesiones para hacer excavaciones en Garamantia. Resulta de lo más extraño, pero Rusia, pese a que sus relaciones con el Gobierno garamante son excelentes, parece haber sido excluida. Es una situación desconcertante, y tal vez se lo hayan tomado como un insulto. En cuanto al préstamo del Tesoro...

Hizo una pausa. A Hawthorne-Mannering no le habían mostrado el informe ministerial; no había por qué decir más.

—Pero ¿es posible ponerse en contacto con el tal Semiónov?

—Desde luego. De hecho, he mantenido bastante correspondencia con él.

—Pero ¡nunca he oído hablar de él! ¡Pensaba que se enviaban a mi despacho copias de toda la correspondencia relevante!

El Director le quitó importancia con un leve gesto.

—Y, en cualquier caso, si no va a venir...

—Él no va a venir a Londres. Hasta donde yo sé, nada impide que un miembro de nuestro personal vaya a visitarlo a Moscú.

—Con la Muñeca.

—Con la Muñeca.

—¿Es esto..., si me permite la pregunta..., lo que tenía pensado hacer desde el primer momento?

—Es una solución un poco a la desesperada. Le he hecho llamar porque he pensado que a lo mejor se le ocurría alguna otra cosa. Pero, si vamos a hacerlo así, tendrá que ser cuanto antes y de manera extraoficial. Debe parecer casi una casualidad. Sin notificárselo al agregado cultural en Moscú ni tonterías por el estilo. Habrá que enviar a alguien sin apenas experiencia, de poca importancia, y no contarle casi nada. Creo que debería salir mañana, como si fuera un turista con uno de esos paquetes de fin de semana. Eso supondrá probablemente pasar primero por Leningrado, pero solo serán un par de días. Lo único que tendrá que hacer, cuando llegue a Moscú, es contactar con Semiónov. Debería, si es posible, saber algo de ruso, no mucho, suficiente para explicarse un poco, mostrarle la Muñeca y observar sus reacciones. Enseguida será evidente por la actitud del profesor si le parece el original de valor incalculable o solo una imitación ingeniosa.

—Pero ¿qué explicación le dará?

—Que es una especie de visita de cortesía. Ya que a Semiónov le ha resultado «lamentablemente imposible» venir. Tendrá que aprender a decir «lamentablemente imposible» en ruso.

—Pero ¿no pensará ese profesor que es un poco raro que se permita viajar a un empleado sin importancia con un objeto tan valioso?

—No si es como parece ser por sus cartas y como me lo han descrito. Vive al día, le trae sin cuidado el protocolo y sueña con los artesanos del primer milenio. Y, cuando dice usted «un objeto tan valioso»...

Hawthorne-Mannering se estremeció.

—Cierto. Pero, aun así, si es una réplica, si resulta no tener ningún valor, ¿cómo podemos estar seguros de que Semiónov no se lo contará a nadie? Puede delatarnos con la misma facilidad que cualquier otro.

Como siempre que se ponía nervioso, estaba escogiendo las palabras sin demasiado cuidado. «Delatarnos» era demasiado cruda. El Director, no obstante, decidió pasarlo por alto.

—Semiónov tiene fama de ser muy despistado.

—¿Como sir William?

—Creo que en un sentido distinto. Sir William, detrás de esa vaguedad, sigue siendo un hombre muy astuto. De Semiónov cuentan que es una especie de caricatura, que vive en una niebla mental de las civilizaciones pasadas. No repara en los asuntos cotidianos. Según he oído, en el Circo de Moscú hacen bromas sobre él.

—¿Cómo eran sus cartas?

—Casi ininteligibles, excepto cuando entraba en detalles de Garamantología. Entonces, según me dijeron los traductores, se volvían claras como el agua.

Hawthorne-Mannering se estaba recuperando. Su cara de pájaro, ya sonrosada a causa del jerez, se iluminó visiblemente.

—¿Dice usted alguien poco experimentado, sin importancia? Si me permite la sugerencia…, hay un empleado de exposición muy muy joven, un AP3…

—Sí, ya sé quién dice. Le hizo el catálogo la última vez, o la anterior, que estuvo usted de permiso por enfermedad.

—En esa ocasión se extralimitó claramente en sus funciones. Podía haber dejado el catálogo hasta que yo volviese. No obstante, Smith sabe un poco de ruso. Creo que aprovechó el curso externo de Lenguas Modernas que organizó el Museo el año pasado y al que, me temo, apenas asistió nadie del personal.

—¿Es inteligente?

—Lo justo, diría yo.

—Bueno, si la Muñeca resulta ser una réplica, por supuesto tendremos que decirle que claro que lo es, que no podríamos haberle confiado el original a un AP3. Si a Semiónov lo embargan la emoción, el placer, el reconocimiento y demás, entonces, claro, habrá que decirle a Smith… ¿Se llama así? Parece factible… Tendremos que decirle que ha tenido el gran honor de haber sido nuestro correo oficial, y asegurarnos de que no se le suba a la cabeza.

La expresión de Hawthorne casi parecía una sonrisa. El Director interpretó que era un gesto de alivio y creyó entender sus motivos. En eso, no obstante, se equivocaba por completo. De hecho, Hawthorne-Mannering pensaba que la idea era una absoluta locura de principio a fin, una prueba de lo profundamente desquiciado que debía de estar sir John, y estaba convencido de que acabaría en el descrédito de Waring Smith. Quizá lo detuvieran en Moscú. Ocurría a menudo. Quizá el Director se viera obligado a dimitir, y quizá entonces —aunque no podía saberlo con certeza— toda la jerarquía del Museo ascendiera un escalón.

—Cierto grado de inteligencia, entonces —prosiguió el Director—. La Muñeca, por supuesto, no deberá declararla en las aduanas, ni al entrar ni al marcharse. Es una ventaja de los paquetes turísticos: según me cuentan quienes los conocen, solo se inspecciona el equipaje por encima.

Hawthorne-Mannering miró a su superior con renovado respeto. ¡Saber tanto de asuntos tan misteriosos!

—Estoy seguro de que Waring Smith servirá —repitió.

—Dispóngalo todo, Marcus. Lo veré mañana, antes de que se marche. Y dígale a la señorita Rank que intente que salga lo antes posible.

Obediente a su tono de autoridad, Hawthorne-Mannering salió del despacho sin hacer ruido. El Director escribió una entrada en su diario personal. «H-M tal vez tenga mucho más carácter del que aparenta. "El único emperador es el emperador del helado."»[3]

Waring Smith estaba de pie con treinta compatriotas, con el equipaje claramente etiquetado para que se viese que estaba a cargo de Suntreader Holidays, en el andén de la estación de Leningrado en Moscú, contemplando la desolación de la plaza Komsomolskaya.

3. Alusión al poema de Wallace Stevens *The Emperor of Ice-cream* (1923).

Estaba tiritando en la leve neblina de nieve en polvo, que iba cubriendo poco a poco a los pasajeros que esperaban y daban patadas en el suelo y las pilas de equipaje con un fino velo blanco. Los había abandonado temporalmente la encargada de Intourist, que les había ordenado no abandonar el andén bajo ningún concepto hasta que ella volviese para llevarlos al hotel.

Waring iba muy mal vestido para aquel tiempo. Muchos miembros del grupo tenían abrigos largos de cuero o de piel de oveja, adquiridos en otro viaje organizado por Asia Menor, y los demás habían ido, en los dos días que habían pasado en Leningrado, a la tienda *berioska*[4] y se habían comprado enormes gorros de piel con orejeras. Su apariencia era la de un variopinto rebaño de animales dóciles y peludos, de alguna época en los albores de la historia cuando las tribus nómadas pastoreaban muchas especies diferentes. Waring había llegado con un jersey de Aran, tejido sin demasiado éxito por Haggie, y su gabardina de invierno. Una bufanda, también tejida por Haggie, ocultaba la marca hinchada del cuello, que estaba mejor, pero solo un poco mejor, desde el lunes.

Las instrucciones que había recibido Waring habían sido escasas y escapaban a su comprensión. Dos días en Leningrado, luego seguir viaje a Moscú, donde debía llevar a cabo su misión. Telefonear al profesor Semiónov —el número, que se sabía de memoria, era el 36-94-43—, preguntarle cuándo podría hacerle una visita de cortesía, nada oficial, solo que era improbable que volviese a exponerse el Tesoro en un futuro cercano y tal vez el profesor Semiónov quisiera verlo, etc., etc. A su vuelta, Waring debía entregar cuanto antes un informe sobre su conversación, solo para que constara en los

---

4. Unas tiendas de la antigua Unión Soviética en las que se vendían de productos de artesanía y *souvenirs* libres de impuestos.

archivos; sin duda se daría cuenta de lo afortunado que era de tomarse un descanso en mitad de un momento tan duro como la Exposición, cuando todo el personal estaba trabajando al máximo. La cuestión era —aunque esto se lo habían dado a entender de manera implícita y no con palabras— que su rango era lo bastante bajo para que pudieran prescindir fácilmente de sus servicios, y todo aquello, al fin y al cabo, era un detalle amable con un erudito extranjero, pero sin mayor importancia.

Waring no había cuestionado nada de esto y, angustiado por su soledad en casa —Haggie no le había enviado sus nuevas señas—, casi le había apetecido viajar a la URSS por primera vez.

Los detalles del viaje los había dispuesto en persona la señorita Rank, que probablemente no había reservado un viaje organizado en su vida, y Waring sintió la tentación de disculparse cuando le entregó con frialdad la carpeta con los billetes y las etiquetas. Le habían dado permiso para decir dónde iba, pero no qué iba a hacer allí, y apenas se habían despedido de él. Dousha estaba de baja —se decía que tenía una fuerte indigestión— y sir William, aunque le había enviado unas palabras amables, por desgracia estaba demasiado ocupado para recibirle.

Jones, a su manera hosca y quejosa, le había hecho la advertencia general de que lo más probable era que las cosas estuviesen peor a su regreso.

—Por cierto —añadió—. He descubierto quién se llevó las llaves la otra noche.

—¿Quién?

—El señor Coker.

—¿Ha dicho algo?

—No estaba. Yo estaba haciendo la ronda como siempre y las vi en su despacho.

—¿Qué hizo usted con ellas?

—Llevárselas enseguida a sir William, claro.

—Pero Len Coker es de fiar. Sigo creyendo que lo es.

—Eso no lo sé. Lo que sí sé es que le gusta coger cosas que no son suyas.

Como es lógico, Waring se había sentido muy incómodo con Len. Se había sentado un momento con él en la cafetería, y su figura robusta expresaba, en todos los sentidos de la palabra, solidaridad. Pero había muchas cosas, como lo ocurrido en los últimos días, de lo que no podían hablar. El cannabis, los arpones de pesca, un estrangulamiento inexplicado, las llaves y la propia expedición de Waring, que a pesar de su escasa importancia era, sin duda, estrictamente confidencial.

—Así que no quieres contármelo —dijo Len—. Insistes en que solo vas de vacaciones. Me da exactamente igual. No sé a qué vas, y me trae sin cuidado. Pero no me importa decir que te echaré de menos.

Waring pensó entonces —y seguía pensándolo en Moscú en el andén bajo la nieve— que, independientemente de lo que pudiera haber hecho, le habría gustado que Len lo acompañara.

El viaje en tren desde Leningrado, en un compartimento reservado para viajeros de Suntreader, había sido una vivencia curiosa. Al otro lado de las ventanillas estaban los campos interminables, a veces blancos e inexpresivos, otras veces con montones de paja que asomaban sobre la nieve y reflejaban las luces del tren; cada cierto tiempo veían casas y pueblos a la deriva, o una figura solitaria abriéndose camino hacia un cobertizo en mitad de la nada. Dentro del vagón, los Suntreaders se agruparon en torno a sus numerosas bolsas de la compra. Ahora parecían ganado, más que un rebaño pastoral. En los dos días que pasaron en Leningrado el grupo había acogido bien a Waring. Su inadecuada gabardina le había granjeado su compasión. Ahora su ruso macarrónico, del que hizo uso por primera vez para hablar con el revisor del tren, hizo que lo odiaran por disponer de una ventaja injusta. Cuando el tren llegó a la estación de Leningrado a las dos y media de la mañana, Waring se sentía totalmente aislado.

Más inquietante incluso era la poderosa sensación —aunque, por supuesto, no sería más que eso— de que le estaban vigilando, quizá incluso siguiendo. Esta idea, o más bien la idea de tener esa idea, le resultaba tan irritante a Waring que casi olvidó la incomodidad del cuello magullado y los pies helados. Por favor, ¿qué edad tenía? Que le «siguiese» un misterioso desconocido era lo que le preocupaba hacía trece años, cuando leía las páginas de *Dandy* y de *Beezer*. Era absurdo. Si por casualidad las autoridades soviéticas se hubiesen enterado del juguete dorado que llevaba en su bolsa de mano y quisieran verlo, solo tenían que pararlo en la aduana, o en cualquier otro sitio, o insinuárselo a la mujer de Intourist. Sabían que era un empleado del Museo por su pasaporte y su visado, y en cuanto al informe secreto sobre la organización de la Exposición, si Waring conocía su contenido, seguro que ellos también. Nada de lo que estaba haciendo podía convertirlo en sospechoso.

Sin embargo, en Leningrado había visto varias veces a una figura con un largo abrigo negro, no ruso, y un sombrero de piel negro con las orejeras bajadas, como un niño o un extranjero. Bueno, ¿cuántas veces la había visto en realidad? Al menos cuatro, suficientes para empezar a preguntarse cuándo volvería a verla. Nunca la había visto justo detrás de él, siempre un poco por delante, unos cuantos puestos por delante en la interminable cola del guardarropa en el Hermitage, desapareciendo a la vuelta de la esquina, en un remolino de nieve empujada por el viento, bajo los tres globos de las farolas de Leningrado. La verdad era que parecía formar parte de Leningrado. Era muy poco probable que estuviese en el tren. Pero cuando Waring se abrió paso hasta el vagón restaurante vio allí, de nuevo de espaldas a él, inclinado sobre un vaso de té, al hombre insignificante del abrigo negro.

Waring estaba seguro de que podría quitarse esas insensateces de la cabeza si no estuviese al borde de la congelación. Se concentró a regañadientes, a modo de calmante, en su deuda con la Whitstable and Protective Building Society. El alivio, diez minutos después, de que lo trasladasen al autobús con calefacción de Intourist fue tan grande que, con los ojos y la nariz fundidos en lágrimas tibias, fue incapaz de sentir otra emoción que no fuese una absurda gratitud. Ahora, en el vasto recibidor del hotel Zolotoy, mucho más grande que el del Museo, recuperó la capacidad de pensar con claridad.

Apiñado en un ascensor tallado y dorado con dos grupos familiares de Suntreaders, se apeó en el piso duodécimo. Allí, la *klyuchnitsa,* o gobernanta, tejía imperturbable y dominaba el pasillo desde su mostrador parecido a un altar lleno de llaves. Una nietecilla, con dos coletas rubias que le asomaban a cada lado de la cabeza, estaba a su lado sujetándole la madeja y miró sin parpadear a los toscos visitantes.

Waring —*Nomer* 1217— era el único que no tenía pareja. En cierto sentido era una suerte: no había ningún otro hombre soltero en el viaje y, tanto en Moscú como en Leningrado, le dieron una habitación doble para él solo. La 1217 era una caja recalentada, como todas las habitaciones de hotel del mundo. Se sentó, se quitó los zapatos y pensó en Haggie; se preguntó cuánto tiempo tendría que seguir durmiendo solo. Para colmo, al día siguiente tenía que contactar con Semiónov; ahí empezaría su verdadera misión. En realidad, no tenía nada de lo que preocuparse, pero habría preferido seguir en

Leningrado y que la vista desde la ventana fuese aún la maravillosa extensión del Neva bajo el hielo, inundando la habitación de luz gélida reflejada. En vez de eso solo acertó a distinguir, detrás de una especie de pozo de densa oscuridad tibetana, la esquina de la Plaza Roja. Las estrellas del Kremlin estaban ocultas, pero podía ver el brillante resplandor rojizo que arrojaban en el aire trémulo y helado.

Sin previo aviso y sin llamar a la puerta, la niña de las coletas rubias entró en la habitación, se plantó en el centro y se quedó allí con las piernecitas muy juntas, embutidas en unos leotardos de lana.

—*Gummaskar!*

A Waring le gustaban los niños y no le importó lo más mínimo disfrutar de su compañía, pero sencillamente no sabía qué quería decir.

—*Gummaskar!*

Era absurdo empezar a buscar palabras en un diccionario para entender a una niña de, como mucho, seis años. GUM, eso sí lo sabía, eran los grandes almacenes de la Plaza Roja. Entonces cayó. ¡Goma de mascar! Era la gran escasez de la URSS, el único producto por el que los rusos todavía envidiaban a Occidente. Y él no llevaba nada, ni siquiera un paquete.

Era una pena decepcionarla. Tal vez tuviese alguna otra cosa que pudiera gustarle. Llevado por un impulso abrió la maleta y sacó la Muñeca; al fin y al cabo, una vez había sido la compañera favorita, en la vida y en la muerte, del Niño de Oro. La nieta de la gobernanta lo observó con cuidado mientras quitaba la envoltura del Museo. Cuando aparecieron primero la cara y luego las manos, su expresión de angelical firmeza pareció venirse abajo y gritó con los ojos llenos de lágrimas:

—*Nekulturnye!*

«¡No agradable!» «¡No civilizado!» El famoso juguete, que había cruzado medio mundo para recibir las miradas de aprobación de los grandes académicos, fue rechazado de plano. Como juguete, era claramente uno de los grandes fracasos de la historia. Y efectivamente, pensó Waring, no era muy agradable ni muy civilizado. ¿De verdad le había gustado al Niño de Oro? La niñita salió llorando de su habitación.

A pesar de lo pronto que se levantó a la mañana siguiente, encontró a todos los Suntreaders sentados ya a la mesa.

—Supongo que no tendremos el placer de disfrutar de su compañía en el itinerario de hoy, señor Smith.

Waring ignoraba por qué lo suponían. Le habría gustado saber cómo sabían su nombre: él no sabía cómo se llamaba nadie. ¿Cuál era el itinerario? Al parecer, «Orientación, con una visita al Museo Pushkin de Bellas Artes y una oportunidad para ir de compras por la mañana; almuerzo, visita en autobús al Parque y la Exposición de los Logros de la Economía Nacional, con un paseo opcional en *troika* (extra); por la noche *Giselle* en el Nuevo Teatro del Kremlin (la tercera compañía y suplentes), punto de encuentro en la puerta Spasskaya», solo que ya no quedaban entradas, así que Waring tendría que optar por el itinerario alternativo, que señalaba su fracaso como turista Suntreader: el Circo Estatal en el bulevar Tsvetnoy.

—Pero también estará muy bien —le dijeron—, verá usted al payaso Splitov.

Unos camareros llevaron de pronto el desayuno para todo el mundo. Nadie lo había pedido, y su llegada fue totalmente arbitraria. Una pesada cubertería, propia de un boyardo, retumbó sobre la mesa. Ante el grupo de Suntreaders colocaron enormes platos de jamón, cebollas hervidas, pepinillos y champiñones en vinagre fuerte, ternera cruda, montañas de mantequilla, pan negro, blanco y gris, queso, *piroshki*, tortitas para caviar y unos objetos fritos inidentificables. Llevaron varios samovares y hervidores de agua en unos carritos y sirvieron con precisión ríos de té por encima del hombro de los huéspedes en unas tazas blancas y gruesas, mientras colocaban con estrépito otros samovares en la mesa repleta, que, aunque sólida, se tambaleó peligrosamente. Una barra de pan de centeno mal colocada cayó en el regazo de Waring mientras pensaba si sería demasiado pronto para llamar a Semiónov. Tal vez pudiese llamarlo ahora, antes de que saliera el autobús en dirección al Museo Pushkin.

La llamada de teléfono fue un éxito inesperado. Una voz respondió en el 36-94-43, la voz de una mujer de mediana edad, interrumpida por estridentes estallidos de risa. Tal vez debidos a la timidez. Desde luego, desde luego, esa era la casa del profesor Semiónov. En ese momento no estaba, había salido a dar un paseo. Sí, daba un paseo todas las mañanas (una risotada). Estaba hablando con su cuñada. Enseguida reconoció el nombre del Museo y otra voz de mujer, un poco más joven, se puso al teléfono para asegurarle a la persona que llamaba que siempre sería bienvenido. «Mejor quitármelo de encima», pensó Waring, y preguntó si podía ir a verles esa mañana, alrededor de las once. De todos modos el autobús de Suntreader ya se había ido; lo había visto por la ventana, entre los muchos otros que había aparcados delante del hotel. «¡Sí, sí, esta misma mañana!» La dirección era 35 Leo-Tolstova, sí, sí, calle Tolstói, y estarían encantadas de recibirlo. ¿Tenía algo que enseñarle al profesor, a Cyril Ivanovitch? ¡Pues más encantadas estarían!

Waring no había recibido tanta aprobación por nada de lo que había hecho en mucho tiempo. Le dio las gracias al empleado de recepción que le había conseguido el número y no podía admitir propinas, pero le pidió *gummaskar* en un susurro. «No pienso volver a este país sin una docena de paquetes de chicles de menta», pensó Waring. «¿Y si me los pide la cuñada de Semiónov?»

El aire al otro lado de las puertas giratorias le atravesó los pulmones como un cuchillo de cristal. Fue como si nunca hubiese estado despierto hasta entonces. El viento parecía llegar de varias direcciones al mismo tiempo, y arremolinaba el polvo de nieve en las esquinas de los callejones. Hacía mucho más frío que en Leningrado. ¿Cuántos grados bajo cero?

Al doblar la esquina en el Kremlin al otro lado de la plaza Manézhnaya, después de echar una mirada dubitativa a la severa fachada del Arsenal, se topó con una imagen que casi le hizo pensar que no había salido del Museo. Era la cola —no la cola más corta de los turistas, sino la cola de la gente— para ver la tumba de Lenin. Daba dos vueltas alrededor de los helados Jardines Alexandrovskaya, por Manézhnaya y hasta la Plaza Roja; las pacientes filas se recortaban negras contra la nieve. Las estatuas del parque estaban cubiertas con sudarios de paja para protegerlas del frío, pero los seres humanos seguían allí, limpiándose las gotas congeladas de la nariz y las pestañas, esperando con paciencia inmemorial para ver lo que les habían dicho que valía la pena ver. Al cabo de una hora y media estarían desfilando delante de la cabeza y las manos embalsamadas y el espantoso traje de etiqueta de Lenin. Los centinelas les chistarían para obligarlos a pasar en absoluto silencio y al cabo de treinta segundos saldrían después de haber visto lo que tal vez habían esperado años para ver.

Con el río a su izquierda, rodeando aún las torres y los puentes cubiertos de nieve del Kremlin, Waring cruzó hacia Kropotkinskaya y en ese instante se adentró en el pasado de Moscú. Leo-Tolstova estaba desierta, no había tráfico ni transeúntes. ¿Qué podría ser más apropiado para el estudioso a quien iba a visitar que esta calle en la que había vivido el propio Tolstói en el número 21, una calle con hayas y balcones de madera, donde ni siquiera a esa hora de la mañana habían barrido la nieve de las escaleras?

El número 35, no obstante, resultó ser distinto del resto de la calle. Era un bloque de pisos, probablemente construido diez años atrás, y de aspecto implacablemente gris. No había ascensor: se suponía que una estrecha escalera mecánica, que en ese momento estaba estropeada, debía subir a los inquilinos y su compra de un piso al otro. El vestíbulo estaba decorado con feos mosaicos desportillados en honor a Chernishévski, a los que les faltaban algunos azulejos. El directorio de nombres tenía muy pocas placas. A Waring le alivió ver una —por amarillenta y descolorida que estuviese— con el nombre de Cyril Ivanovitch Semiónov. Subió hasta el cuarto piso, cargado con la bolsa de tela en cuyo interior era culpablemente consciente de llevar a la dorada Muñeca Llorosa. Por primera vez, empezó a preocuparle no solo la extrañeza de su misión, sino la del propio Semiónov. El nada atractivo bloque de pisos, muy alejado, si se paraba uno a pensarlo, del distrito universitario, daba a entender que podía haber caído en desgracia, tal vez en esa zona donde coinciden los desacuerdos políticos con los celos académicos. Quizá no había ido a Inglaterra porque no le habían dejado. Por otro lado, no parecía haber objeción alguna a que recibiese la visita de un representante del Museo. No lo parecía. Waring deseó que hubiera alguna forma de estar seguro. «No entiendo nada», pensó. «Mejor quitárselo de encima.»

La llamada al timbre fue seguida de una larga espera. Después apartaron una especie de mirilla en la puerta principal y aparecieron un ojo y media nariz. Waring volvió a explicar su misión. Tenía una cita, había llamado hacía una hora.

—¿Quiere ver a Cyril Ivanovitch?

—Sí. ¿Es usted su cuñada?

—No tiene cuñadas.

Waring no estaba seguro de haber oído bien la palabra, *nevestka*. Siempre cabía la posibilidad de que se hubiera equivocado.

—Lo siento…, ¿tal vez su hermana?

—Cyril Ivanovitch no tiene hermanas.

Waring pensó vagamente en Dousha, a quien este tipo de conversación le salía de manera tan natural.

—Me dijeron que podía venir a las once en punto. Tengo un mensaje importante para el profesor Semiónov… Muy importante, en realidad.

—Sí, muy bien, muy bien. Por desgracia está en el campo.

—¡Me dijeron que había salido a dar un paseo!

—Sí, eso es, un paseo por el campo.

—¿Cuándo volverá?

Sin duda había más mujeres en el piso. Las oyó hablando y haciendo ruido al fondo.

—¿Prefieren que vuelva mañana? Solo voy a estar dos días en Moscú. Pero podría venir mañana a la misma hora, a las once en punto. ¿Habrá vuelto el profesor del campo para entonces?

En esta ocasión no se oyeron ni risas ni bienvenidas. Pero al menos consiguió otra cita. Quedaron al día siguiente a las once.

—Pero ¿estará aquí el profesor Semiónov? —insistió.

—¿Por qué no?

La mirilla se cerró, y Waring se dio la vuelta, perplejo, con su bolsa de tela. Iría con el grupo de Suntreaders por la tarde, pensó. Tal vez no lo recibieran con entusiasmo, pero tampoco podían rechazarlo, y sería mejor que pasar el resto del día solo. Al fin y al cabo, sus instrucciones eran hacerse pasar todo lo posible por un turista normal y corriente. En cierto modo fue un consuelo encontrárselos sentados a la mesa, apaciguados por las compras de la mañana, que se amontonaban a su alrededor. Waring tropezó con una cítara pintada de alegres colores y todos se fijaron de inmediato en él, el único que no había ido al Pushkin, y empezaron a hablarle de todo lo que se había perdido. Al menos les soy de alguna utilidad, pensó.

Pero fue un alivio cuando, en la Exposición de los Logros de la Economía Nacional, una vasta estepa invernal más allá de la estación de Mira Prospect, el grupo entero lo abandonó para hacer cola para un paseo en *troika*. Había que elegir, y Waring tenía muchas ganas de ver el Pabellón Espacial. Allí, después de un paseo de casi dos kilómetros por el llano cubierto de nieve, se encontró casi solo. El gigantesco Pabellón Espacial, tal vez para darle cierto realismo, no tenía calefacción, y el frío era de una intensidad que habría sido inimaginable hasta en Siberia. Todos los demás pabellones hervían con la calefacción central, y todos, incluso el de los Logros de la Electrificación Estatal Subregional, estaban abarrotados de visitantes acalorados, boquiabiertos o adormilados, cuyos miles de rostros podían verse a través del cristal empañado. Waring, incapaz de sentir los pies o las puntas de las orejas, pero con un espíritu digno de los propios astronautas, avanzó lúgubre hasta estar seguro de haber aprovechado la que probablemente fuera la única oportunidad de su vida de ver todos y cada uno de los veintiún proyectos lunares.

Temeroso de volver a perder el autobús y de causar mala impresión, tomó asiento en el tranvía eléctrico de la Exposición que traqueteaba expuesto a todas las corrientes de viento imaginables a través de las gélidas extensiones que rodeaban los Pabellones Regionales hasta la triunfal puerta de entrada. El tranvía no parecía ser muy popular, o tal vez no fuese muy popular a esa hora. El otro único ocupante estaba sentado dos vagones más adelante. Lo veías con claridad, si te fijabas, cuando el tranvía giraba con violencia en las curvas de su recorrido en zigzag. Era un hombre menudo que iba sentado en silencio, sin volverse, con un abrigo negro.

«¿Y si me acerco y le pregunto sin más cuándo piensa parar?», se preguntó Waring. Podría plantarse delante de él y decirle: «No estamos en 1935. Gran Bretaña, por mucho que yo ame mi país, no puede considerarse más que una potencia de segunda fila, y yo ni siquiera soy representativo de mi departamento en el Museo. Tal vez me haya confundido usted con otra persona... Soy totalmente normal, ordinario, aunque estoy dispuesto a admitir que tal vez me parezca a alguien. Si no, ¿por qué... —no podía decir que le estuviese siguiendo—, por qué va siempre delante de mí?». Deseó haberse llevado consigo el diccionario de ruso, porque la última parte sería un poco difícil de expresar. Pero, cuando el tranvía llegó a la entrada —no se detenía, solo reducía la velocidad, y había que bajarse de un salto—, Waring, mientras aterrizaba cuidadosamente en la acera resbaladiza, vio que el hombre del abrigo negro no se había apeado, sino que seguía adelante, dando tumbos y balanceándose en una vuelta aparentemente eterna alrededor de los Logros Económicos.

Al final resultó que el autobús ya se había ido, y Waring, después de comprarse una empanadilla en el desordenado mercado de campesinos que había justo a la salida, se zambulló agradecido en la estación de metro de Vistavska. Y así, atravesando los vestíbulos dorados y marmóreos de las estaciones más profundas, regresó al centro de Moscú.

A las cuatro en punto había empezado a caer la oscuridad, que se fue abriendo paso por un límpido cielo de color verde claro. A eso de las seis, Moscú se preparaba para disfrutar de la tarde con una fuerza indolente y secreta. Waring, junto con muchos otros, se quedó leyendo las páginas abiertas del *Pravda* de ese día que se exhibían detrás de un cristal para aquellos que no habían conseguido, o no podían permitirse, comprar un ejemplar. Había una pequeña multitud leyendo los titulares y las tiras cómicas, y Waring se quedó con la sección de Cartas al Director. Curiosamente, el mismo tema y la misma preocupación: en una carta tras otra los lectores se quejaban de las colas y las muchedumbres que deshonraban las diversiones culturales del Pueblo. Seis horas de espera en el Mausoleo de Lenin, tres o cuatro para el de Pushkin. Los camaradas debían esperar otra eternidad para recuperar sus sombreros y abrigos, que tenían que dejar obligatoriamente; les pisoteaban los pies, les rompían las costillas. En palabras de Lenin: «¿Qué hacer?».

El servicio esa tarde era caprichosamente lento, y como a los Suntreaders no se les habría ocurrido salir sin cenar, todo el mundo llegó tarde a las diversiones de la noche. Al grupo del ballet, aunque el Kremlin estaba solo a doscientos metros, los llevaron en autobús; los que iban al circo se pusieron en camino a través de la nieve cada más espesa para coger los tranvías 15, 18 o 20.

Llegaron hacia el final de la primera parte. Cuando se abrieron paso hasta sus sitios, muy arriba, a Waring la escena le pareció más una ejecución que un circo. No había nadie sonriendo ni riéndose. Los músicos guardaban silencio. Los niños miraban sin parpadear, como había hecho la nieta del ama de llaves, la pista brillantemente iluminada.

El acto, o número, representaba una feria de pueblo, presumiblemente en Georgia, a juzgar por las botas y los trajes bordados. En la pista de arena había un montón de chicas que fingían vender botellas de vino y juguetes de vivos colores. Había gallinas correteando por doquier; una de ellas se metió entre el público y tuvo que ir a cogerla un ayudante, que le retorció el pescuezo. En mitad de aquel ajetreo la tranquilizadora figura del payaso Splitov con la nariz roja controlaba la escena con unos pocos gestos de sus enormes manos con guantes blancos.

Siguiendo sus instrucciones, la banda de viento metal empezó a tocar *La danza del sable* de Khachaturian, y unos caballos famélicos entraron al trote, arrastrando una *telyega* de la que se apearon un cura de pueblo, que parecía un espantapájaros, y su sacristán. Ambos llevaban crucifijos y largas barbas grises que parecían sacadas de un cotillón navideño. Los campesinos hicieron reverencias mientras avanzaban hacia un caldero humeante que había en uno de los puestos, metían el dedo, se lo chupaban, cogían un cucharón y empezaban a comer con ansias. Los bocados, los tragos y los eructos resonaban por la amplificación con un monstruoso estruendo. Un beso que sonó como una potente maquinaria de succión indicó que los clérigos habían empezado a perseguir a las jóvenes georgianas. Pero tanto eso como la música quedó tapado por un rugido aún mayor.

—¡Id con cuidado, camaradas! Se quedarán todo lo que tengáis. ¡No les escuchéis! Haced caso a la sabiduría de Splitov.

El genial payaso avanzó con dos lazos de cuerda, y entre leves aplausos, se los pasó por el cuello al cura y al sacristán. Se oyó un redoble de tambores y se produjo un momento de oscuridad. Luego, bajo las luces cegadoras, colgados de las vigas de acero con la cabeza ladeada, se vieron las dos figuras barbudas de las sotanas negras.

Al ritmo de una alegre tonada popular, los artistas corrieron alrededor de la pista y se encaminaron a las salidas. Algunos de ellos daban volteretas y saltos mortales. ¡Qué mezcla de disfraces! Otros parecían demasiado viejos para estar en un circo, aunque fuese un circo estatal. Uno de ellos llevaba lo que sin duda era un sombrero de payaso, con forma de pico de pollo, pero debajo vestía un largo abrigo negro. Era una locura. Pero no se equivocaba. Conocía ese abrigo.

—*Nomer* 1217 —le dijo a la *klyuchnitsa*, que, igual que antes, estaba de turno de noche.

¿Es que su nietecilla no se iba nunca a la cama? Estaba muy seria al lado del escritorio, con una mano en el regazo de su abuela, sosteniéndole la mirada a Waring con sus ojos azules fijos y redondos. Él tenía la esperanza de que no lo hubiese denunciado como el turista desagradable que la había asustado con una muñeca no civilizada.

—Por favor, *nomer* 1217 —repitió.

La *klyuchnitsa* negó con la cabeza.

—Ese no es su *nomer*.

—Pero ¡sí que lo es! ¡1217! ¡Es el número que me dio usted! He dormido ahí la noche pasada, ¡todas mis cosas están dentro!

—No. Es un error. Para usted no hay *nomer* en esta planta.

La mirada de la niña adquirió un matiz de reproche. La *klyuchnitsa* se cruzó de brazos y de manera un tanto humillante —pues el ruso de Waring le había servido bastante bien todo el día— fue a buscar a la intérprete de la planta. Era una georgiana, ancha de constitución, una especie de Dousha de edad más avanzada.

—A ver, ¿qué ocurre? Ha ido usted al Circo Estatal. Muy emocionante. ¿Usted muy emocionado con el payaso Splitov?

—No estoy nada emocionado —dijo Waring—. Pero quiero que me dejen entrar en mi habitación e irme a la cama.

—¡Ah, a la cama! —exclamó alegremente la intérprete—. Pero ¡no está usted en el piso correcto! Su habitación está arriba.

En el último piso, a una altura inimaginable, Waring se esforzó en seguir sus pasos acelerados, hasta que le hicieron pasar a la que aparentemente era ahora su habitación. Al verla se quedó boquiabierto. Con gruesas alfombras rojas, los cristales relucientes y cubierta de encaje, parecía que la hubiesen preparado para algún *zarevitch* que hubiese escapado de la matanza. Estantes de madera pulida para los trajes, los zapatos y los uniformes se extendían en filas como los árboles del bosque. La elegante repisa de mármol de la chimenea estaba repleta de figuras de Fabergé de cantantes gitanos, ejecutadas con piedras de colores. En una de las paredes de Damasco, en un marco de incongruente color dorado, colgaba un esbozo de Repin para *Los remeros del Volga*. En la mesa, en un cubo de hielo muy adornado, había una botella bastante grande del desagradable champán ruso.

—Pero esto no puede ser para mí —balbució Waring—, es un error, *ashipka,* un error garrafal. Voy con un grupo de turistas: la Escapada Invernal de Suntreader. Esta habitación tiene que ser de otra persona. No puede ser para mí, no, no. ¿A quién pertenece?

—Pertenece al Pueblo —replicó el intérprete.

—Entonces ¿qué hago yo aquí?

—El Pueblo quiere que duerma usted aquí. *Spakoenoye noche!* ¡Dulces sueños!

El domingo, el profesor Semiónov tampoco estaba en casa.

A Waring le pareció que ese domingo tal vez fuera el más infructuoso que había pasado en su vida. Romanov por una noche, había dormido bien, y no podía negar que había disfrutado del esplendor al subir los tres escalones de caoba hasta la bañera y abrir los grifos dorados de los que salió agua caliente de color óxido. Pero esos momentos quedaron empañados por la dificultad de llevar a cabo su misión, la constante preocupación de que si dejaba las habitaciones imperiales, aunque fuese solo unas horas, quizá no volviera a recuperarlas —no le habían dado la llave— y la incluso más acuciante necesidad de ocultar su cambio de habitación a los Suntreaders, a quienes les molestaría muchísimo. Gran parte de su tiempo libre lo pasaban quejándose de que sus habitaciones no eran como les habían prometido, de que no tenían vistas al Kremlin y de que del grifo no salía agua.

Waring los había evitado y se había ido directo a la Plaza Roja a ver qué podía comprar en GUM, pero había recorrido los sobrios bazares y galerías en vano, en busca de una ofrenda adecuada para Haggie. Luego, en el 35 de Leo-Tolstova, la decepción había sido total. No solo Semiónov seguía sin estar en casa, sino que al parecer habían salido todos. La mirilla de la puerta no se abrió cuando llamó al timbre. Llamó una y otra vez. Sin éxito; nadie respondió. Por fin un vecino entre gruñón e interesado, medio en pijama medio con uniforme de revisor de tranvía, salió del piso de enfrente. De nada servía llamar. La familia no estaba en casa, habían salido a dar un paseo. ¿Cuándo volverían? El vecino no supo decirle. ¿Dónde pensaba que habrían ido a dar el paseo? Al campo, ¿dónde iban a pasear si no?

A Waring no le avergonzaba la idea de volver a Londres e informar de lo que no había podido hacer. Él no había pedido esa misión, y había seguido sus instrucciones hasta donde había podido. Por lo visto, la posibilidad de que Semiónov no estuviera en Moscú no se le había ocurrido a nadie. Sin embargo, mientras andaba, empezó a embargarle una insatisfacción cuya procedencia era demasiado turbia para poder identificarla. Lo repentino del encargo —el Director le había hablado casi como si fuese un privilegio—, la desaprobación de la niña, la mujer que se había reído por teléfono, las frustrantes visitas a casa de Semiónov, la habitación desaparecida, el hombre del abrigo negro, ¡un misterio absurdo de principio a fin! E incluso, antes de eso, el espeluznante momento en que casi lo habían estrangulado en mitad de la noche, los extraños comentarios de Jones, el aún más extraño comportamiento de Len. ¿Por qué no podía la gente, por qué no podían todos, ser razonables, o al menos inteligibles? ¿Era mucho pedir? No tenía la sensación de que hubiese sido pesado en la balanza y hallado falto,[5] sino, más bien, de no haber sido pesado y no tener ni idea de si era falto o no.

5. Daniel 5, 27-29.

La nieve había dejado de caer; el frío pendía en el aire como humo blanco. Echó a andar otra vez, sin rumbo fijo. Una sensación de calor, procedente de una rejilla en la acera, le dijo que estaba pasando por un *stolovaya,* un comedor barato. Ya puestos puedo descongelarme los pies diez minutos, pensó. Empujó la puerta de cristal, bajó las escaleras y, como requería la ley, dejó el abrigo en el mostrador que había a la entrada.

—¡El maletín también, camarada turista! ¡Debe dejar el maletín!

Waring nunca lo dejaba porque dentro llevaba la Muñeca de Oro. Por suerte, había tal gentío de trabajadores y clientes entrando y saliendo y entregando y recogiendo las pilas de sombreros y abrigos, que pudo abrirse paso sin que se diesen cuenta.

El *stolovaya* estaba en un sótano húmedo que debía de haber sobrevivido a varias eras de edificación planificada. Waring pagó unos *kopeks* por un vaso de té y se sentó en una mesa con un mantel de plástico. No era nadie y no conocía a nadie. Fue un momento de paz melancólica. Luego, al alzar la mirada, vio por la ventana que daba a la calle, que estaba lo bastante alta como para no empañarse mucho, la familiar figura del hombre del abrigo negro.

«Es la primera vez que lo veo detrás de mí», pensó Waring. «Está entrando. Nos vamos a conocer.» También pensó que el hombre no era exactamente un extraño. No lo conocía, pero lo había visto antes en alguna parte, no en Rusia, y no hacía mucho tiempo.

Alguien echó atrás la silla frente a él, que hasta entonces había permanecido desocupada. ¡Otra persona que se había negado a dejar la maleta a la entrada! Aunque no era una maleta, sino un maletín muy raído. El desconocido lo puso con cuidado debajo de la mesa antes de sentarse.

—¡Profesor Untermensch!

—Pues claro, ¿quién si no?

Waring estaba totalmente desconcertado.

—Señor Smith, creo que tuve el placer de verle en el Museo cuando llevó usted uno de los objetos de la tumba del Niño de Oro al despacho del Director para que él pudiera enseñármelo.

El profesor Untermensch era una autoridad mundial en escritura garamante. No podía preguntarle si la noche anterior había estado dando vueltas a la pista de un circo con un sombrero de pico de pollo.

—Podría decirse que nunca nos han presentado formalmente —prosiguió Untermensch—, pero ya que estamos aquí, ¡sigamos la costumbre rusa y démonos dos besos!

Para perplejidad de Waring, eso fue lo que hizo: se apoyó en el mantel de plástico y le besó primero una mejilla y luego la otra. Waring nunca había llegado a cogerle el tranquillo. Movió la nariz en la dirección incorrecta y su mejilla se arañó con la montura de las gafas del profesor.

—Bueno, bueno, tenemos suerte de que haga este frío —dijo Untermensch, arrellanándose en la silla—. Según dicen, en las grandes ciudades cada vez es más raro que haga ese frío que destruye los gérmenes infecciosos. El aliento de tantos millones de personas, la calefacción central… ¿Dónde va a caer la escarcha? Pero ¡este invierno vemos el Moscú de las mil nevadas; el frío que derrotó a Bonaparte!

Sorbió ruidosamente una cucharada de sopa de col.

—Oiga —dijo Waring—. Es usted un erudito…, un erudito eminente. Yo soy un empleado de Exposiciones sin la menor importancia en un paquete de fin de semana en Moscú. Los dos estamos en un comedor de obreros. ¿De verdad hemos venido a hablar del tiempo?

En un ruso totalmente fluido, el profesor le pidió a uno de sus vecinos que le pasara la pimienta y echó una cantidad generosa en su cuenco de sopa.

—Sabe que ha estado siguiéndome —continuó desesperado Waring—. Le he visto en todas partes. Sé que no me equivoco. Usted tendría que estar en Londres. No puede estar aquí. ¿Qué está haciendo en Moscú?

—He venido porque usted ha venido —replicó Untermensch—. Quería verle.

—Pero ¿cómo demonios ha sabido que estaba aquí?

Waring no estaba seguro de cuán educado debía ser. El aire cargado y con olor a vinagre parecía entorpecer el curso de sus pensamientos.

—¿Que cómo he sabido que estaba aquí? No ha sido muy difícil. Llamé a su departamento y me dijeron dónde había ido. Me sorprendió, porque en el continente muy pocos museos dan permisos al personal de menor rango durante una exposición de esta magnitud. Aunque conozco muy poco las costumbres museísticas inglesas.

—Pero quería usted verme. ¿Por qué? —preguntó Waring.

El desasosiego, esa sensación tan familiar, se apoderó de él. El *stolovaya* se estaba llenando de obreros, que tenían que dejar cajas de herramientas y muchas capas de ropa a la entrada.

—¿Por qué? Bueno, tenía mis motivos. Como dijo el pobre Heine... *es hat seine Gründe!* Pero tal vez no me he explicado bien. No he venido a Moscú para verle a usted. He venido para ver lo que usted ha venido a ver.

Waring no pudo estar seguro, ni entonces ni después, de cuánto tiempo pasaron los dos en el *stolovaya*. Lo que sí recordaba fue que el profesor, con amable hospitalidad, y conmovido tal vez por el estado de perplejidad de su joven compañero, había hecho cola en la barra y había vuelto con una botella de vodka. En el *stolovaya* solo había *Narodnaya,* el vodka del pueblo, especialmente fuerte y barato.

Waring nunca bebía mucho —a Haggie no le gustaba— y tampoco bebió mucho en esta ocasión; solo uno o dos vasos, que tuvieron el curioso efecto de amortiguar su intenso deseo de saber de qué le estaba hablando Untermensch y dejar que otras preocupaciones subiesen a la superficie. Otras preocupaciones, pero también un dorado resplandor de bienestar, tan difuso que ni siquiera reparó en el momento en el que Untermensch, que había ganado gran popularidad al ofrecer la botella a todos los comensales en un radio considerable a su alrededor, se escabulló sin llamar la atención.

Waring se quedó solo, pero ya no estaba deprimido. Además, tenía claro, mientras recogía la gabardina y la bufanda, adónde debía ir a continuación. A las cinco en punto, dentro de muy poco, tenía que estar en una de las sesiones del *Dom Druzhba,* en el 16 de la calle Kalinin. Esa era la Casa de la Amistad, regida por la Unión de Sociedades para las Relaciones Culturales con Países Extranjeros. Allí, los visitantes que lo desearan podían hacer preguntas sobre el régimen soviético, y recibían respuestas sinceras de los representantes del Ministerio de Información. Los Suntreaders habían expresado cierto interés por asistir, y si estaban allí sería una ocasión de reunirse con el grupo. Sentía que ya no le molestaban, ni le iban a molestar, tanto como antes. Al fin y al cabo, no había nada de malo en tomar un vaso o dos de licor. Era cuestión de costumbre, principalmente. Todavía notaba cómo el fuego del vodka calentaba su cuerpo y su espíritu y se expandía poco a poco hasta la punta de su nariz, que debía de estar tan roja como la del payaso Splitov. No supo decir si estaba triste o feliz, ni siquiera al pensar en Haggie. Se limitó a andar, casi sin darse cuenta; cruzó otra vez la plaza Arbat y luego dobló a la derecha hacia la calle Kalinin.

El número 16, la Casa de la Amistad, no pasaba desapercibido ni siquiera después de muchos vasos de vodka. La había construido una rica familia de comerciantes, los Morozov, y la habían decorado con torreones y nichos al estilo moruno portugués, que le proporcionaban un aire indecoroso de fantasía libertina, no muy apropiado para un lugar donde se suministraba información precisa.

Subir los escalones helados no era fácil, pero el achispado Waring Smith notó que su estado de ánimo cambiaba y lo invadía una irritación vasta e irracional. Su origen estaba en el pasado, mucho antes de su visita a la Unión Soviética, tal vez en el Museo, tal vez en la hipoteca, pero, estuviese donde estuviese, el efecto era abrumador, y no recordaba haberse sentido así nunca en la vida. Notó como si algo lo empujara a subir las escaleras de madera, pasó por delante de un recepcionista que le gritó que dejara el abrigo en el guardarropa e irrumpió en la sala de audiencias, donde todo el mundo volvió la cabeza al oírlo entrar. En la tribuna, dos funcionarios con sobrios trajes azules estaban sentados atentos y en silencio, mientras en la platea una turista Suntreader acababa de levantar la mano y, con un cuaderno del Instituto de la Mujer abierto delante de ella, estaba a punto de hacer una pregunta.

—Yo quiero saber una cosa —gritó Waring—. Y pienso conseguir una respuesta, aunque me detengan por alborotador y me echen del viaje de la hipoteca y la compañía de paquetes turísticos me encierre en la Lubianka. ¡No he venido por venir! ¡He venido a hablar con Semiónov, es la única puñetera cosa que pido, y ahora os vais a ir todos a dar un paseo por el campo y a decirme dónde demonios está! ¡Eso es! ¡Dónde está! ¡Qué ha sido de Semiónov!

Saltó por encima de un banco vacío y corrió hacia la tribuna. Aunque los de la platea estaban indignados, los funcionarios sonrieron imperturbables. Unas manos lo sujetaron y lo llevaron sin violencia hacia una entrada lateral. ¿Dónde estaba Semiónov? Forcejeó, implorando que se lo dijesen. Los escalones descendieron resbaladizos bajo sus pies. El aire volvió a ser helado. Le invitaron con firmeza a subir a un enorme coche negro, un Zil, que esperaba en la calle Kalinin, en un sitio donde estaba prohibido aparcar.

Waring había llegado a un punto en que esperaba que no se le estuviera pasando el efecto del vodka, porque entonces tendría que pararse a pensar en lo que había hecho. Desvió sus pensamientos. Era ciudadano británico. No podían detenerte por preguntar el paradero de un respetado profesor de la Universidad de Moscú, aunque fuese de manera un tanto enfática. No podían —¿o sí?— detenerte por tomar un vaso o dos de vodka. Menos mal que al menos no había dejado la gabardina en la entrada, o no le habría dado tiempo a recuperarla. Algo es algo.

Estaban yendo hacia el Kremlin. El Zil cruzó el puente de la Trinidad y pasó la puerta de la Trinidad y entró en el Kremlin. Esa no era la típica entrada para los turistas. Había unos guardias que saludaron. Sería horrible que le entrara hipo en el Kremlin, pero no podían —¿o sí?— detenerte por eso.

El coche se detuvo ante la puerta de la Armería, un severo edificio alargado que Waring había visto el día anterior desde el otro lado del muro. A la derecha vio la bandera roja que ondeaba en la cúpula de bronce del antiguo edificio del Senado, el cuartel general del Gobierno soviético. Estaba en el *sancta sanctórum*, en la tierra prohibida. ¿Fue por su propio pie, o lo llevaron o lo empujaron con cuidado por la gran puerta oriental del Arsenal, entre las largas filas de cañones antiguos, que apenas se distinguían bajo la nieve acumulada?

Había imaginado que dentro habría luz, pero estaba casi a oscuras. Los jóvenes soldados de guardia se pusieron firmes cuando entraron. En las sombras del enorme salón con el suelo de mármol ajedrezado, donde se había amontonado la munición contra la Revolución de Octubre, había de pie un grupo de hombres. Unos eran oficiales del Ejército Rojo de uniforme, otros no, y entre ellos había un hombrecillo con un abrigo negro. El profesor Untermensch había reaparecido. ¿Lo habrían detenido? En tal caso, ¿por qué estaba sonriente e incluso, al parecer, emocionado?

Dieron una orden que Waring no pudo oír. Las puertas de enfrente se abrieron, y la sala se inundó de una luz cegadora, y lo único que acertó a ver Waring fue oro, no guardado ni expuesto en vitrinas de cristal, sino amontonado con descuido en el suelo y las mesas: el Cordel de Oro, la Serpiente y el Pájaro de Oro, la Máscara y el Cuenco de Leche, la Muñeca de Oro, y, asomando de su sarcófago, el mismísimo Niño de Oro, inconfundiblemente auténtico, con un brillo oscuro, el Tesoro Dorado de Garamantia.

4

Waring reconocía que no podía quejarse. Era martes por la mañana y estaba en el vuelo de regreso a Londres. Después de su incomprensible vistazo al Tesoro, lo habían llevado de vuelta en coche al hotel Zolotoy, que estaba solo a cuatrocientos metros; su acompañante, con amplias sonrisas, como un oso amistoso, lo había conducido a su espléndida habitación, donde, demasiado agotado para comer, había pasado una noche insomne en la cama Real, todavía un Romanov, pero un Romanov que esperaba ser liquidado a la mañana siguiente. El alivio que sintió cuando la guía de Intourist le devolvió el pasaporte como a los demás fue casi insoportable, aunque, una vez que el avión despegó y se alzó a salvo sobre el aeropuerto de Moscú, todavía tuvo que enfrentarse a la hostilidad nada disimulada de los Suntreaders. Probablemente les hubiese gustado arrancarle con sus propias manos las tarjetas identificativas del equipaje. Se habían enterado de lo de la habitación y habían pasado horas hablando de su catastrófica aparición en la Casa de la Amistad. Nadie quiso sentarse con él, y había oído las palabras «menudo cuadro». Eso lo golpeó como una bala de plomo. Dejando a un lado sus propios asuntos, le recordó al Museo y la Exposición a la que estaba regresando. Lo que había visto en el Arsenal Kremlevskye era el Tesoro verdadero, el auténtico. Una vez visto, era indudable, y la Muñeca que llevaba en la maleta, la Muñeca que no había podido enseñarle a Semiónov y que solo había servido para asustar a una niñita con coletas, le resultaba odiosa. Y aquel público tan paciente y numeroso (el día siguiente volvía a ser día de visita de los colegios) que pronto haría cola en el patio del Museo para pagar su entrada, ¿qué estaba pagando por ver, qué impostura se le estaba mostrando? Entonces Waring comprendió, con la mortífera certidumbre de un hombre que admite por fin que los cimientos de su casa están podridos, que hacía casi una semana que lo sabía. Su cuerpo lo sabía, aunque su mente se hubiese negado a admitirlo. Todavía le dolía el cuello. Pero ¿cómo habrían podido estrangularlo con un cordel de dos mil años de antigüedad? Se habría convertido en polvo nada más tocarlo. Lo que había notado en torno al cuello, lo que luego habían vuelto a meter en la vitrina, era una madeja bastante nueva de cordel dorado.

«Alguien tiene que ayudarme», pensó Waring. «Alguien tiene que explicármelo. No aspiro a entender mucho, pero no puedo no entender tanto.»

—¿Está ocupado este asiento? —preguntó el profesor Untermensch, que acababa de aparecer por el pasillo inclinando un poco la cabeza, igual que había hecho en el *stolovaya*.

—Sabe de sobra que no —dijo Waring—. ¿Qué ha hecho con el resto del vodka?

—Oh, se acabó —dijo Untermensch, ocupando muy poco espacio al sentarse—. Además, no estoy seguro de que le sentase muy bien.

—Supongo que tiene razón —dijo Waring, apoyando la cabeza en las manos—. Siéntese y haga el favor de decirme qué estoy haciendo. No qué está haciendo usted…, eso ya me da igual. Solo qué estoy haciendo yo.

—No tiene ningún misterio. Ha venido aquí, como usted mismo me dijo, como un empleado del Museo normal y corriente. ¡No se ofenda! ¡Ser normal y corriente en estos tiempos es motivo de aplauso! Pero los rusos no creen que usted lo sea. Dan por sentado que trabaja para el servicio secreto, y que ocupa un cargo muy importante en dicho servicio.

—Pero ¿qué demonios se creen que estoy haciendo?

—La Unión Soviética no aceptó enviar a Londres el oro garamante. Lo supe en cuanto me enseñaron el juguete y vi que era una réplica. Los rusos han hecho un préstamo muy cuantioso a Garamantia, que necesita desarrollar su agricultura; les han prestado capital, plantas y técnicos, y los rusos nunca conceden préstamos sin garantías. Así que se han quedado con el oro por una temporada, como haría un *rostovchik,* un prestamista. Sin duda, lo devolverán algún día, cuando Garamantia haya encontrado otra manera de pagar su deuda. Para ahorrarse problemas, o para evitar lo que podría llamarse un incidente internacional, han aconsejado, probablemente a través de Proklamatius, su agencia de publicidad en Berlín Este, que los garamantes hagan una réplica pasable. De hecho, es posible que existan varias réplicas.

—Pero, en ese caso, si se supone que soy un agente británico, ¿por qué me lo enseñaron?

—Una vez más olvida usted que, en el extranjero, los británicos no tienen fama de simples sino de astutos. Los rusos no han creído ni por un momento que las autoridades en Londres y el Director de su gran Museo se hayan dejado engañar por la réplica. Creen que lo han enviado a usted, con uno de los artefactos, solo para demostrarles que lo saben.

Así funciona su mente. Le mostraron el verdadero Tesoro en el Arsenal para demostrarle que saben que lo saben, y lo que más les gusta: que saben que no pueden ustedes hacer nada. La Exposición lleva abierta varios días en Londres, se ha dejado pasar al populacho, se ha instruido a los niños, no se puede hacer nada.

—¿Por eso me dieron la mejor habitación del hotel?

—Vaya. No lo sabía, pero tampoco me sorprende. La diplomacia oriental tiene siempre un elemento jocoso.

—Pero ¿qué hacía usted en el Kremlin? ¿Por qué le dejaron pasar? Y, por el amor de Dios, ¿por qué ha estado usted siguiéndome?

—Eso también tiene una explicación sencillísima. Me dejaron entrar solo porque me habían visto siguiéndole. Para eso adquirí un llamativo abrigo negro en una «tienda de saldos» de Oxford Street. Como ve, aún lo llevo puesto. Me estuvieron observando; admito que temí que no hubiesen reparado en mí, por eso hice mi aparición en el circo; pero me vieron y dieron por sentado que yo era uno de esos que, en todas las organizaciones, espían a sus propios espías. Así que a mí también tenían que demostrarme que sabían que yo sabía; y así he cumplido con la ambición de mi vida: he visto el Tesoro Dorado de Garamantia.

—Bueno, me alegro de que su viaje haya sido un éxito —dijo Waring, y se dio cuenta de que se alegraba de verdad—. Por mi parte, ha sido un absoluto fracaso. ¿Qué me dice de Semiónov? Es una pregunta que nadie ha respondido. Es lo que les pregunté en la Casa de la Amistad. ¡Amistad! Tengo su dirección. Sé su número de teléfono. He hablado con su cuñada. He quedado con él dos veces. ¡Tenía un mensaje importante que darle y no lo he visto!

—Nunca va a ver al profesor Semiónov —replicó Untermensch.

—¡Pero hablé con alguien en su piso, una mujer, que me dijo que volvería al día siguiente!

—Sería alguna mujer de buen corazón que no quiso decepcionarle. Lo cierto es que el profesor Semiónov no existe.

—¿Ha muerto?

—Nunca ha existido. Para serle franco, es una invención del payaso Splitov.

—¡Una invención de un payaso! ¡No es posible! El Director me enseñó sus cartas.

—Escritas todas por el payaso Splitov.

—¡Un payaso!

—Pero muy distinguido, un Artista Honorífico de la Unión Soviética —dijo Untermensch para consolarle—. Lo utilizan a menudo en cuestiones de diplomacia delicadas.

—No puedo creer que sir John Allison, a quien tanto respeto, no haya sabido ver la diferencia entre que le escriba un payaso y un erudito...

—Admito que es sorprendente. Pero tal vez se deba a la traducción.

Waring se quedó pensando un momento.

—¿Y cómo consiguió usted que lo contrataran como payaso en el circo solo para una función?

—No fue difícil —replicó Untermensch—. Reunía todas las condiciones. Todos los artistas en el Tserk Splitov son agentes o espías. Además, en nombre de la precisión, no me contrataron como un payaso cualquiera, sino como un Augusto, que no habla.

—¿Todos? —insistió Waring—. ¿Incluso el tipo al que fingían ahorcar?

—¡Ah, ese! —dijo Untermench—. Es agente de la CIA. En mi opinión, corre peligro. Yo en su lugar dimitiría del Tserk Splitov.

Waring cambió de tema.

—Pero ¿hasta cuándo piensan seguir con esto? ¡No pueden continuar así mucho tiempo! La Exposición tiene que ir a París después de Londres, luego a Estados Unidos y luego a Berlín Oeste...

—Creo que ahí será donde acabe. Si de verdad deciden llevarla a Berlín Oeste, los rusos amenazarán, mediante canales diplomáticos, con montar otra exposición en Berlín Este, mostrando, por supuesto, el verdadero Tesoro, y nada menos que bajo los auspicios del gran profesor Semiónov.

—¿Y qué será del nuestro? ¿De nuestro Niño de Oro?

—El cargamento de falsas riquezas desaparecerá —dijo el profesor—, como las antiguas caravanas, de vuelta al corazón de África.

Waring contempló, a través de la ventanilla, las nubes impenetrables.

—En cualquier caso, me alegro de que esté usted en el avión. Empezaba a sentirme solo. He tenido problemas en casa —no sabía por qué le estaba contando todo esto al profesor— y, en fin, tengo muchas ganas de volver a ver a mi mujer.

—Yo llevo sin ver a mi mujer desde 1935 —dijo con amabilidad el profesor—. ¿Cuánto tiempo lleva usted casado?

—Dos años, nueve meses y tres semanas —respondió Waring—. Pronto será nuestro aniversario. Llegamos a las tres de la tarde, ¿no? Me da tiempo a ir directo a casa, de Gatwick a Clapham Junction.

—Mucho me temo que eso no será posible. Creo que en el Ministerio de Defensa querrán hablar con usted.

Como de costumbre, el profesor Untermensch tenía razón. En sus fantasías, a veces Waring se había imaginado, como en un plano de seguimiento en una película, que llegaba al aeropuerto y era recibido como una persona importante. No tendría que esperar a que una cinta de movimientos caprichosos le llevase su equipaje; lo llevarían a una sala aparte con un asentimiento cómplice. Y, efectivamente, en Gatwick lo llevaron con un asentimiento, ya fuera cómplice o acusador, a una sala aparte. Dos hombres, que desde el principio le dieron la impresión de estar en desventaja, avanzaron con unos zapatos caros y gruesos y lo apartaron en silencio de la fila del fatigado grupo de Suntreaders. Fue la gota que colmó el vaso de la amargura de sus compañeros de viaje. Notó cómo su desaprobación se convertía en algo parecido al odio y cómo este odio lo seguía al otro lado de la discreta puerta de cristal.

—¿Algún problema? —preguntó.

—Le quedaríamos muy agradecidos si pudiera responder a un par de preguntas. No se trata de un interrogatorio, claro. Solo nos gustaría que tuviera la amabilidad de ayudarnos.

A Waring le habría gustado saber qué sucedería si se negaba.

—Me temo que no sé muy bien quiénes son ustedes —dijo con educación.

Se produjo un breve momento de duda.

—Me llamo Rivett. Digamos que represento al Ministerio de Defensa…, a una rama del Ministerio de Defensa. Este es mi colega, el inspector de policía Daniel Gunn, del Servicio de Seguridad del Estado, que acaba de llegar y nos acompañará esta noche.

—Se trata, pues, de una cuestión policial.

—Llamémoslo una investigación. Solo ha venido por esta noche.

—Vale, pero quisiera hablar con mi mujer.

—Por supuesto. No hace falta volver a la zona de pasajeros. Aquí hay un teléfono.

A Waring le daba igual que lo oyeran. Marcó el número de su casa como un hombre que está a punto de ahogarse.

—¡Haggie! —Había vuelto. Lo dominó un intenso alivio que excluyó cualquier otro sentimiento—. ¡Haggie! ¡Has vuelto! ¿Eres tú? ¡Soy yo! —No estaba expresándose muy bien—. Acabo de llegar de Rusia... Si has llamado al Museo te lo habrán dicho. No, ha sido horrible, todo es horrible sin ti. Estoy deseando verte... Enseguida, solo tengo que ir con unas personas que... Bueno, la verdad es que no puedo contártelo ahora... No, yo no quiero ir, no ha sido idea mía... Haggie, Haggie, ¡te quiero! No pude encontrar la bolsa de la colada. ¡Lo único que quiero en esta vida es estar contigo! ¡Haggie, no te vayas! ¡Haggie, por favor!

Sintiéndose como el protagonista de un diálogo cómico que acaba mal, Waring colgó el auricular nuevo y reluciente.

—Bueno. Tengo más tiempo del que pensaba. ¿Qué quieren que les diga?

—Por favor, no nos malinterprete, señor Smith. La cuestión es qué quiere decirnos usted. Pero no aquí, en cualquier caso. Nuestro cuartel general para este tipo de conversaciones está fuera de Londres..., a unos treinta kilómetros. Nos ocuparemos de su equipaje. Entretanto, el coche está aquí. Si no tiene usted objeción.

Ninguna, excepto que tanto misterio era un derroche inútil del dinero de los contribuyentes, pensó Waring. El cuartel general, añadieron ellos, no estaba muy lejos de Haywards Heath.

Podría haber sido allí o cualquier otro sitio, pues Waring, después de la mala noche que había pasado, se quedó profundamente dormido en el coche, y cuando despertó solo vio arbustos de rododendros mojados y oyó crujir la gravilla bajo las ruedas. Se sentía desaliñado. «¿Tendrá una maquinilla de afeitar esta gente?», pensó. Y, ya puestos, ¿qué clase de comodidades domésticas cabía esperar de un centro de interrogatorios del Ministerio de Defensa no muy lejos de Haywards Heath? La figura que estaba de pie bajo el porche iluminado, esperando órdenes, parecía idéntica a la de un sargento del ejército regular. De repente Waring tuvo un presentimiento irracional y desesperante, que se las arregló para controlar, de que nunca iba a volver a casa.

—Se supone que ha viajado usted con una misión confidencial en nombre de sir John Allison —estaba diciendo Rivett—. Nos hemos puesto en contacto con sir John y no ve nada de malo en que nos ayude. ¿Entiendo que le enviará su informe a él?

—Supongo que sí.

—Pero no hasta, digamos, pasado mañana. Lo malo es…, aunque el público no siempre lo crea, que tenemos que actuar con rapidez. Si me permite recapitular.

—Si se refiere a qué he hecho en Leningrado y Moscú, no tardaré mucho en contárselo.

—Deje que exponga las pruebas a mi manera, si no le importa. Hay una manera profesional de hacer estas cosas, ya me entiende.

Waring miró al inspector Gunn, que parecía sumido en el más profundo de los bochornos y no participaba en la conversación.

—Supongo que no le molestará —continuó Rivett— que le diga que ha estado usted bajo vigilancia durante su visita a Moscú. Por supuesto, sin menoscabar sus derechos.

—Por supuesto.

—Fue una cuestión puramente rutinaria para nuestros hombres. Nos sorprendió mucho, claro, que sir John enviara a un subordinado para llevar de contrabando una valiosa pieza de oro labrado a la Unión Soviética. Pero, dejando eso a un lado por el momento, tenemos entendido lo siguiente. Habla usted ruso con fluidez, ¿no?

—Hasta el final del Libro 3. El curso acababa ahí.

—En Moscú intentó dos veces, en vano, ponerse en contacto con el objeto de su visita, el profesor Semiónov.

—Una invención del payaso Splitov.

—¿Qué?

—Da igual —dijo Waring. Empezaba a darse cuenta de que el Ministerio de Defensa sabía mucho menos que él.

—No se quedó con los demás miembros del grupo, sino que acudió a una cita, en un comedor de obreros, con un hombre que creemos que no es ruso, pero a quien nuestros hombres no conocían. Al parecer, llevaba usted consigo la pieza de oro todo el tiempo. Y, lo que es aún más sorprendente, esa misma noche lo llevaron al mismísimo Kremlin. Allí, por supuesto, no pudimos seguir sus movimientos. Tardó usted más o menos un cuarto de hora en salir.

—No tengo ni idea de cuánto fue —respondió Waring—, pero creo que ya lo entiendo. Creen que, con la ayuda de un agente o dos, he intentado cambiar una pieza de oro macizo, y tal vez algo de información, con los rusos.

—Por favor, no crea que estoy diciendo nada tan definitivo.

—Pues claro que no. Esto no es un interrogatorio. Solo un par de preguntas.

—Cosas así han ocurrido antes.

—¿Y qué se supone que he hecho con el oro?

—Sabemos que a veces se hacen réplicas, para sacarlas cuando es hora de dejar el país. Sinceramente, se lo agradeceríamos si nos dejara ver el objeto que lleva consigo.

«Por eso os ofrecisteis a ocuparos de mi equipaje —pensó Waring—, pero no habéis encontrado mi muñequita.»

—Me temo que no puedo. La Muñeca es propiedad del Gobierno de Garamantia, dejada en préstamo al Museo, y no tengo autoridad para enseñársela.

—Muy bien —dijo Rivett con frialdad—. No podemos insistir ahora. Tal vez en otra ocasión.

—Entretanto —prosiguió Waring—. Me gustaría contarles algo más. Mi supuesto contacto en el *stolovaya,* a quien sus espías no reconocieron, era un distinguido académico internacional, el profesor Heinrich Untermensch. Es un conocido de sir John Allison, que lo invitó personalmente a Londres, y que estoy seguro de que estará encantado de responder de él.

—Entiendo —dijo Rivett. Después de una pausa, añadió—: Es posible que haya habido cierta confusión.

—No trafico con oro —dijo Waring—, ni con información. Y quisiera saber cuánto van a tardar en llevarme a casa desde algún lugar no muy lejos de Haywards Heath.

—Lo llevaremos a casa, por supuesto. Permítame recordarle una vez más que todo lo que hemos dicho esta noche es totalmente confidencial. Supongo que querrá ser considerado alguien en cuya discreción puede confiarse; quiero decir que, de lo contrario, podría afectar a sus posibilidades de ascender e incluso de encontrar un empleo en el futuro.

—La verdad, señor Rivett —replicó Waring—, es que, si no fuese por la presencia de un inspector de policía, casi pensaría que me está chantajeando.

No parecía que Rivett tuviera mucho más que decir.

—Hay un par de cosas más…

—No tengo ganas de responder a más preguntas —replicó Waring—. Antes quiero hablar con alguien.

—Pensé que habíamos dejado claro que no necesita un abogado.

—No tengo abogado. No puedo permitírmelo. No quería decir eso. Quiero hablar con sir William Simpkin.

Se hizo un extraño silencio y luego el inspector Gunn habló por primera vez.

—Me temo, señor, que no será posible. Sir William ha muerto.

Sir William había muerto en el Museo el viernes por la noche. El personal de limpieza había encontrado su cadáver a la mañana siguiente en la Biblioteca del Personal. Al instante, habían llamado a Jones. La primera reacción del pobre Jones había sido decir que era imposible. Sir William nunca bajaba a la Biblioteca, odiaba la Biblioteca porque allí no se podía fumar, no tenía las piernas como para bajar escaleras y si quería un libro Jones se lo llevaba, así lo había hecho el martes anterior, y todavía seguía en su escritorio. Sin embargo, ahí estaba el anciano, atrapado entre dos estantes corredizos de acero, apoyado en un extremo de la sección sobre Garamantia con una mano anciana colgando vacía de manera patética. Llevaba la pipa apagada en un bolsillo de su chaqueta; curiosamente, se había roto en dos pedazos. No hacía falta ningún médico para saber que había muerto.

El objeto de los estantes de acero era que cupiesen más libros. Los estantes podían juntarse, si bien con un esfuerzo considerable, como un mazo de cartas, dejando solo un pasillo cada vez. Aunque era un sistema excelente para el almacenaje —permitía un aumento del cuarenta por ciento en la capacidad—, resultaba incómodo e incluso alarmante para los lectores. Los estantes de acero por sí solos no podrían haber matado a sir William. Se deslizaban por raíles arriba y abajo, y tenían un contrapeso para que se detuviesen si encontraban un obstáculo.

Pero, si alguien hubiese intentado empujar los estantes cuando sir William estaba entre ellos, le habría dado un susto que podría haber precipitado el ataque cardíaco que todo el mundo, empezando por él mismo, suponía que acabaría matándolo antes o después.

El Director en persona fue a ver a Jones y le aconsejó que se tomase los días de permiso que necesitara. Jones, no obstante, se negó a volver a casa. Tampoco retomó sus tareas, cualesquiera que fuesen, en el almacén. Una figura turbada y turbadora, pasó el resto del día merodeando por los pasillos y pasajes cerca de la Biblioteca, como si buscara algo.

Sir John tenía que tomar una serie de decisiones solemnes e inmediatas. En primer lugar, ¿debía cerrar el Museo ese día, como muestra de respeto? Decidió no hacerlo. El cadáver de sir William no se había descubierto hasta las ocho, y las hordas de visitantes ya estaban apeándose en las principales estaciones de tren mientras los autobuses del Niño de Oro se aproximaban desde las afueras. En segundo lugar, los medios de comunicación: ahora parecía inútil intentar que la prensa no escribiese artículos sobre la Maldición del Niño de Oro. Gracias a la gran influencia personal de sir John, *The Times* y la BBC siguieron aludiendo a la «Maldición» o «la supuesta Maldición» (y el locutor lo entonaba de un modo especial), pero en la ITV y en los periódicos más baratos se convirtió en el Horror, la Perdición y el Espanto Innombrable, y todos decían que el personal del Museo se encontraba en un estado de terror lamentable. Sir John se vio obligado a dejar todo eso en manos de su ajetreado personal de Relaciones Públicas. Mucho más apremiantes y desafortunadas eran las circunstancias de la muerte de sir William, de las que solo se había hecho una cauta declaración. El comunicado de prensa decía que había muerto de miocarditis, y era cierto. Los doctores no dudaron a la hora de extender el certificado, aunque señalaron algo evidente: que sir William no podría haber empujado los estantes mientras se encontraba entre ambos. Tenía que haber sido otra persona, e incluso si al principio no había visto al anciano, era imposible que no se hubiese dado cuenta cuando los dos bloques se atascaron sin juntarse. Alguien lo había sabido y había salido de la Biblioteca dejándolo morir allí.

Sir William, que de joven había recorrido los desiertos y las ruinas más peligrosas del planeta, había acabado su vida como un cadáver en la Biblioteca. Aún podría haber vivido varios años, dijo con amargura el médico, un amigo suyo, de no haber sido por todo este sinsentido. Con «este sinsentido» se refería a la Exposición. Habría que enviar los detalles a la policía y al forense del distrito.

No podía saberse nada hasta después de la investigación, y en esta incómoda situación el Director —a quien tal vez pudiera criticársele que hubiera tomado tantas decisiones él solo— animó a la policía a iniciar sus pesquisas cuanto antes. Pidió a Alojamiento y Mantenimiento que le proporcionaran un centro de operaciones adecuado. Sin duda hicieron todo lo que pudieron. El viernes por la tarde, el inspector Mace, el investigador criminal de la comisaría de King's Cross, acompañado del sargento de policía Liddell, llegó con su equipo. Los instalaron en una sala medio desmantelada en la que había habido una colección de instrumentos musicales aztecas hechos con piel humana. La mayoría los habían trasladado a Etnografía, pero aún quedaba una pila de tambores de aspecto desagradable y un armario con reservas de azúcar y papel higiénico que había guardado ahí Mantenimiento durante el racionamiento y que luego habían caído en el olvido.

—Habrá que conformarse —dijo el sargento Liddell, mirando los tambores—. Yo coleccionaba minerales de niño.

—Abrió el armario—. ¿Dos terrones, señor, o tres?

El sargento había estado en el Ejército antes de entrar en la Policía y enseguida se las arregló para que estuviesen cómodos.

Sir John había pedido que les dejasen empezar cuanto antes las investigaciones preliminares. Sabía las posibilidades que le amenazaban: la Patrulla Criminal Regional, los agentes de seguridad del Ministerio de Exteriores con sus órdenes de vigilancia, un comité especial de investigación sobre La Maldición del Niño de Oro, hasta la Sociedad de Investigaciones Psíquicas. Mientras el público general seguía entrando en masa por la puerta principal y la prensa asediaba su flanco, por la retaguardia se infiltrarían expertos entrometidos y agentes de Scotland Yard. Si lograban llegar enseguida a alguna conclusión clara, por desagradable que fuese, podrían mantener la situación bajo control. Sir John dio a los dos policías todas las facilidades —excepto un váter que funcionase y una tubería de gas que no estuviese a punto de explotar, diría después el sargento, pero sir John no sabía de esas cosas— y les pidió que empezaran la investigación de inmediato. Ante cualquier dificultad podían acudir a él directamente, y todo el personal había recibido instrucciones de prestarse, en caso necesario, a un interrogatorio.

Por último, el Director lamentó que él mismo no pudiera ser de más ayuda. Podía confirmar que sir William había estado de un humor excelente esa mañana, y que se había reído y hecho bromas cuando pasó a verlo unos minutos. La señorita Rank corroboró, cuando le preguntaron, que las risas se oían desde el otro extremo del pasillo. Por la tarde, sir John, aunque en aquellos momentos tenía poco tiempo para esas cosas, se había visto en la obligación de asistir a una cena de los Saints and Sinners en el Café Royal; de vuelta a casa había pasado por el Museo a recoger unos documentos que quería revisar para el día siguiente y una leve sensación de preocupación, que no sabría explicar ahora, le había impulsado a enviar a un mensajero a la habitación de sir William, pero le dijeron que estaba vacía, aunque con las luces encendidas. Dio por sentado que el anciano había tenido la sensatez de irse a dormir a casa.

—¿Era frecuente que olvidase las luces encendidas cuando se iba a casa?

—Diría que no. Era muy meticuloso y había sido pobre de joven. Pero, para esas cuestiones de detalle, tendrán que preguntar a mi personal.

La Biblioteca del Personal se precintó y, después de tomar algunas declaraciones preliminares, la policía empezó a trabajar allí. Había muchos volúmenes antiguos, y los recibió un olor sepulcral a moho y pergamino. La Biblioteca era una sala muy sencilla, de unos doce metros de largo. Los estantes formaban huecos en cada uno de los cuales había un viejo sillón de cuero. En cada hueco un cartel prohibía fumar y retirar libros, y la signatura de los libros se regía por un misterioso sistema, peculiar del Museo, que dificultaba y a veces hacía imposible encontrar un título concreto. La rejilla del techo era, al parecer, un anticuado sistema de extinción de incendios que, si se apretaba un botón, rociaría agua sobre los contenidos de la sala y echaría a perder la mayoría de los libros. Aunque nunca se había utilizado, funcionaba a la perfección y estaba conectado a las tuberías de los pasillos del sótano, que parecían las de un destructor. Las nuevas unidades de estantes de acero se habían instalado a lo largo de un lado de la sala, gracias a una inexplicable muestra de generosidad gubernamental. Brillaban incongruentes bajo la media luz de las lámparas de lectura de pantalla verde.

El inspector Mace las probó. Se movían con un enorme estrépito, pero respondían al más leve empujón. Habría que comprobar las huellas en las superficies metálicas, aunque no tenía demasiadas esperanzas: habría cientos. El sargento Liddell se avino amablemente a situarse en la sección de Garamantología y el inspector intentó atraparlo varias veces desplazando los estantes. El sargento dijo que era muy poca presión, nada en realidad, aunque a él no le había pillado desprevenido y era un hombre fuerte de treinta años. En toda la Biblioteca, los catálogos, los archivos, las pilas de papeles y las papeleras, no encontraron nada tirado u olvidado, nada de ningún interés.

—Lo que no entiendo es qué estaba haciendo aquí —dijo el inspector—. Podía pedir que le subieran cualquier libro. El ayudante, Jones, nos lo ha corroborado…, aunque no me ha parecido que tuviese muchas ganas de colaborar.

—Estaba muy afectado por la muerte de sir William.

—Vieja escuela.

El sargento Liddell preguntó qué había al otro lado de la puerta del fondo, después de un corto tramo de escaleras. Resultó ser la biblioteca particular del Director, donde se conservaban títulos especialmente raros, monografías sobre asuntos renacentistas y unos cuantos archivos confidenciales sobre el personal. La sala estaba en orden: como todo lo que tenía que ver con el Director, era irreprochable. El forro original de cuero de los estantes seguía en su sitio, pero también había una bonita fotocopiadora, una luz de inspección infrarroja, un lector de microfilms, una grapadora y un sistema de seguridad mucho más avanzado que el de la Biblioteca principal; muy moderno, de hecho: vertía automáticamente dióxido de carbono o polvo de dióxido de carbono si la temperatura superaba cierto punto. Fue lo primero que le pareció aceptable al inspector Mace de todo cuanto había en el Museo. Pero lo que le llamó la atención fue una gélida corriente de aire frío. La sala perfecta era, después de todo, imperfecta. Estaba ligeramente elevada por encima del nivel del sótano de la Biblioteca del Personal, y tenía una pequeña ventana que daba a un pequeño patio de luces. La corriente de aire entraba por esa ventana. En el centro faltaba un cuadrado de cristal. Los bordes estaban rotos, pero no astillados. No había indicios de cristales rotos ni dentro ni fuera de la sala.

—¿Falta algo? —preguntó el sargento Liddell.

Tendrían que comprobarlo. Pero parecía imposible que hubiesen entrado a robar. Solo el Director y la señorita Rank tenían las llaves de la puerta que comunicaba con la Biblioteca y de la que daba al pasillo con el ascensor particular del Director justo enfrente. A la señora de la limpieza le tenía que abrir la puerta la señorita Rank en persona. Cuando la policía la llevó abajo para evaluar los daños y comprobar que no faltaba nada, la secretaria se permitió algunos signos de emoción.

—La única manera de impedir estas cosas es con mano dura —dijo—. Así se entiende por qué la gente elige a dictadores.

—¿Cree que alguien en el Museo puede tener algo personal contra su jefe? —le preguntó el inspector—. Supongo que si el viento y la lluvia hubiesen soplado hacia aquí, algunos de estos libros podrían haberse estropeado.

Pero iba por mal camino con la señorita Rank, que era ajena a cualquier tipo de cotilleo.

—Una mujer sin debilidades —suspiró el inspector cuando ella se marchó indignada del *sancta sanctorum* violado del Director.

—Eso no existe —dijo el sargento como para consolarle—. Con más tiempo, seguro que encontraríamos alguna.

Estaban investigando en condiciones muy difíciles. Aparte del hecho de que fuese solo semioficial, puesto que la investigación no tendría lugar hasta la semana siguiente, el inspector se topó con «una serie de problemillas», como él los llamaba. Para empezar, el Director se opuso a la idea de tomarle las huellas a todo el personal. A él mismo y a la señorita Rank, como señaló sonriendo, ya se las habían tomado no hacía mucho tiempo para dar ejemplo, cuando se produjo un robo importante en el Museo.

—Sí, lo recuerdo, señor. Se llevaron una de sus esfinges egipcias justo antes de cerrar, ¿no?

—Creo que fue un jubilado, señor —intervino el sargento.

El Director señaló que la presente emergencia, la triste muerte de sir William, era algo totalmente distinto. Tomarles las huellas a los Ejecutivos y los Conservadores sería como insinuar una posible criminalidad en los rangos más altos del Museo.

Eso era justo lo que el inspector Mace estaba insinuando, aunque no le gustara plantearlo así.

—He hecho algunas comprobaciones en la Oficina de Registro Criminal —dijo—. Por supuesto, tarde o temprano, hay que hacerlas. He visto un par de cosas interesantes... En el servicio de comidas, por ejemplo: el encargado de la cocina es sospechoso de tener contactos con la Mafia, se lo comentaré a su Delegado de Seguridad; él antes era policía, ¿sabe? Y luego está ese hombre al que veo que ha puesto usted a cargo del nuevo Departamento de Joyería. Bueno, pues ha estado en la cárcel varias veces.

—Esta información es muy descorazonadora —dijo el Director.

—En realidad, no tanto, si se tiene en cuenta el número de empleados. Siempre se cuela algún que otro inadaptado. Y luego está ese tal Leonard Coker. Hizo una declaración completa, ya sabe, la semana pasada, a propósito del incidente del cultivo de cannabis.

—Coker no está aquí ahora.

—¿Lo han despedido?

—Se juzgó oportuno que se tomase unos días de permiso no retribuido para considerar su situación.

«Conque así lo llaman aquí», pensó el inspector.

—Bueno, podría ir a hablar con Coker en su domicilio —dijo—, y retrasamos de momento lo de las huellas dactilares.

Incluso más frustrantes, y mucho más incomprensibles, fueron ciertas instrucciones no impartidas directamente al inspector sino a alguien mucho más arriba en el cuerpo, que ejercieron una marcada pero oscura influencia en toda la investigación. Se trataba de la sugerencia, o tal vez de algo aún menos claro, por parte del Ministerio de Exteriores de que cualquier investigación que pareciera conducir a indicios que apuntaran en cierta dirección debía abandonarse con la mayor discreción. El inspector Mace, después de una sesión matutina con su comandante de distrito, había salido —pues era un hombre inteligente— con una sola idea clara. Pasara lo que pasara, no era muy probable que fuera a conseguir su ascenso en esta ocasión.

Por no hablar de los pequeños detalles más irritantes: por ejemplo, los panfletos de color amarillo —EL ORO ES INMUNDO, LA INMUNDICIA ES SANGRE— que, según tenía entendido la policía, se habían distribuido misteriosamente en el patio el primer día de visitas del público. No habían tardado mucho en demostrar que se habían impreso en la imprenta del Museo, que apenas se utilizaba en esos tiempos porque la mayoría de los trabajos se encargaban fuera. Alguien debía de haber querido, en ese primer momento, desacreditar o incluso causar el cierre de la Exposición. Pero quién había dado la orden concreta de imprimir los folletos seguía sin estar claro.

Al menos nadie puso objeciones a que registraran la habitación de sir William. Tal vez la secretaria de sir William fuese más accesible que la señorita Rank. Pero resultó que la señorita D. Vartarian estaba en el hospital.

—Ocúpese usted, Liddell. Telefonee al hospital de Bedford y pregunte si puede ir a verla y hablar con ella. Solo una declaración informal. Tal vez sepa por qué alguien podría querer dejar morir así a un anciano.

—No entiendo por qué nadie iba a querer tal cosa. Aunque aún no sabemos nada del dinero —dijo el sargento. Estaba preparando el té en el deprimente centro de operaciones.

—No, es cierto —replicó el inspector—, salvo lo del legado a sir John, y eso lo habría heredado antes o después. Para invertirlo en el Museo, claro. Aunque es posible que haya algún legado personal inesperado. O que alguien estuviese celoso de sir William.

—¿Celoso de qué, señor? No entiendo a qué se dedica esta gente. No sé, mire donde mire no hay nada que hacer. Controlar a la multitud, pero de eso se encarga Seguridad. No sé, todos los objetos están en sus vitrinas, no tienen que hacer nada. Supongo que comprobarán que las etiquetas estén boca arriba.

—No estamos aquí para juzgarlos, hemos venido a ayudarles a salir de un aprieto —replicó el inspector Mace—. Aunque entiendo lo que quiere decir. Pero en estos tiempos siempre lo están reorganizando todo, y eso lleva trabajo. Imagino que, cuando termine la Exposición, sentirán un vacío muy desagradable. Tendrán que buscar algo con lo que entretenerse.

—Como limpiar este armario —dijo el sargento Liddell—. Podrían empezar por eso.

Los dos se sintieron muy animados por la idea de hacer algo tan concreto como registrar el escritorio de sir William. Empezaron muy esperanzados, pero pronto quedó claro que el anciano no tenía nada de lo que avergonzarse, nada que ocultar. Había cartas de su mujer fallecida hacía tiempo, y un mechón de pelo en un sobre; no tenía otro sitio donde guardarlas, como no fuese en el club. Había fotografías descoloridas de expediciones en veranos lejanos, y una postal del Sinaí enviada por el mismísimo sir Flinders Petrie. Un cuaderno en un cajón cerrado con llave contenía una lista de donaciones caritativas que sir William había hecho anónimamente, y anotaciones sobre casos de gente en apuros de quien había tenido noticia. Otro cajón estaba lleno de pipas; algunas se las habían enviado como regalo de todas partes del mundo; un corresponsal de Papúa le enviaba una pipa de barro nueva al año, y aún no debía de haberse enterado de que no iba a necesitar más. Había borradores de memorandos que sir William había empezado y dejado sin terminar sobre planes alternativos para exposiciones, para evitar la frustración y el aburrimiento de las colas, y sobre la dudosa legalidad de cobrar de más por las exposiciones especiales. En el cajón de arriba a la derecha, expuesto entre varios sellos de correos, anzuelos y sedales, había un ejemplar del testamento y últimas voluntades de sir William, hecho y datado tres años antes.

El inspector leyó el testamento con cierta prevención; a esas alturas sabía ya que sir William a veces mataba el tedio de la vejez con pequeñas bromitas; no obstante, aquel era a todas luces un duplicado de un documento legal válido. Se aludía al legado de sir John, para explicar que no dejase nada más al Museo que había sido su casa tanto tiempo. Luego había páginas de escrupulosos donativos a organizaciones y fundaciones benéficas, a criados del club, a parientes lejanos y a personas a las que había apreciado o por las que había sentido lástima. Entre ellos estaban Jones, que recibiría 2000 libras en pago a sus leales servicios; el señor Waring Smith, 8634 libras y 65 peniques, «pues esta es la cantidad necesaria para saldar su deuda con la Whitstable and Protective Building Society»; la señorita Dousha Vartarian, 5000 libras «porque tener una familia, según parece, no sale barato». Un codicilo ordenaba la venta de una participación en una mina de oro de la que sir William acababa de acordarse, para financiar 1) una beca anual para un joven londinense que quisiera estudiar arqueología de campo, 2) una extensión que doblara la amplitud del famoso pórtico del Museo, de modo que hubiese el doble de sitio cubierto disponible para que los estudiantes se comieran el bocadillo. Nada debía llevar su nombre, no se especificaba ningún monumento en su recuerdo, no tenía parientes vivos. Se conformaba con desaparecer discretamente, después de haber ganado hasta el último penique que tenía y haberlo donado todo como había querido.

Los abogados de sir William confirmaron que, «hasta donde ellos sabían», pues, como todos los abogados, parecían distinguir entre distintos tipos de conocimiento, el documento era exacto y concordaba con una copia del testamento que tenían en su poder.

—Muy bien —dijo el inspector. Parecía que iban a llegar a alguna parte—. Tenemos que interrogar a las personas que podría considerarse que tuviesen acceso a la Biblioteca, por suerte no son muchos; y, entre ellos, a los que estuvieron trabajando hasta tarde aquí el viernes por la noche. El médico ha establecido la hora de la muerte entre las 7 y las 10 de la noche, así que los límites están más o menos claros. Luego, entre esos, podríamos empezar por quienes tenían algún motivo para querer librarse de sir William, es decir, los beneficiarios del testamento. Hay que quitar de la lista a W. Smith, que al parecer está en el extranjero y no volverá hasta el martes, pero desde luego no estuvo aquí el viernes; Jones tenía una llave, aunque no le correspondía tenerla; D. Vartarian sabemos que está hospitalizada. Liddell, vaya a ver si puede encontrar al tal Jones.

Mandaron llamarlo, pero Jones no estaba en los Almacenes, y, aunque lo habían visto «merodeando por el patio que había a la salida de la Biblioteca» hacía un rato, no pudieron dar con él en ese momento. Era difícil encontrar a Jones si él no quería.

—Hubo otro, un Conservador de rango bastante alto, que se quedó en esa parte del edificio hasta tarde el viernes. Aparece aquí como M. Hawthorne-Mannering. No estaba trabajando. Por lo visto, estaba dando una cena.

—Pobre hombre —dijo el sargento—. No veo yo mucho ambiente de fiesta en este sitio.

—Hay un comedor para ejecutivos, con manteles blancos y demás, en el piso de arriba. Su invitado era un profesor visitante llamado Rochegrosse-Bergson, si no he confundido el nombre. En mi opinión, deberíamos hablar con los dos.

—Hawthorne-Mannering. Pues, señor, su secretaria llamó antes para pedir que fuéramos a verle lo antes posible porque está deseando irse a pasar fuera el fin de semana. Por lo visto, tiene una casa en el campo.

El Conservador de Arte Funerario entró sin hacer ruido y, completamente fuera de lugar en una de las sillas desvencijadas que habían llevado al centro de operaciones, confirmó lo de la cena. Había sido algo totalmente personal, organizado por él mismo.

—Sí, desde luego, una pequeña celebración *à deux*… O, podría decirse, una *amende* honorable… Y, por supuesto, una nueva amistad…

—¿Bajaron usted o su invitado en algún momento de la velada a la Biblioteca del Personal?

—Oh, sí, sí. Nos dirigimos abajo…

—¿Se dirigieron? ¿Quiere usted decir que no llegaron? ¿Habían bebido ustedes, tal vez? ¿Les costaba orientarse?

—Es una traducción directa del francés…, pero desde luego se bebió vino… El ambiente era tan emocionante, por no decir vibrante…

—Muy bien, señor, es suficiente. ¿Necesitaban usted o su invitado consultar algún libro en particular?

—No…, fue solo un capricho pasajero. Aunque no sea mi campo propiamente, me ha terminado fascinando la Garamantología. A los dos se nos ocurrió escribir a un amigo común, un amigo querido, que vive en Tánger, y nos pareció que sería divertido escribirle con jeroglíficos garamantes; por supuesto, ninguno de los dos conocemos la lengua, pero se nos ocurrió consultar en un libro sobre el tema si ciertas prácticas, ciertas actitudes, llamémoslas así, podían expresarse de manera pictográfica.

Hawthorne-Mannering sonrió un poco al recordarlo. Desde luego, se siente tranquilo, pensó el inspector.

—¿Encontraron lo que buscaban? —preguntó.

—No, no, por desgracia el volumen estaba en préstamo… Era el primer volumen de *Garamantischegeheimschriftendechiffrierkunst,* de Heinrich Untermensch.

El sargento Liddell dejó de tomar notas en su cuaderno. Decidió que algunos de esos nombres propios iban a quedarse en espacios en blanco.

—Veamos, ¿podría decirme si, mientras estaba en la Biblioteca, reparó en que hubiese alguien más?

—Nadie.

—¿Nadie entró ni salió?

—Nadie.

—¿Y las luces no estaban encendidas cuando entró usted en la Biblioteca?

—No, oscuridad total.

—¿Cambió usted la posición de los estantes?

—Creo que estaban abiertos por la sección adecuada. El acero es muy frío al tacto. Personalmente me opuse a su instalación.

—Entiendo. Veamos, ¿a qué hora fue eso exactamente?

Hawthorne-Mannering volvió a sonreír. No tenía ni la menor idea.

—Entonces tal vez pueda usted decirme a qué hora volvió a casa.

—Cogí un taxi…

—Si en algún momento recuerda usted a qué hora, le agradeceríamos que nos lo comunicara. Entretanto, quisiera molestarle con una cosa más: este señor…, no doctor…, Ro-chegrosse-Bergson, ¿conocía bien a sir William Simpkin?

—Muy poco, diría yo.

—Se me ha dado a entender que se quedó un poco des-concertado en una conferencia, o encuentro, en la que sir William sugirió que estaba usando un nombre falso.

Hawthorne-Mannering se puso visiblemente rígido, como si cristalizara.

—¿Quién se lo ha contado?

—Me lo mencionó sir John Allison.

—No tengo ni idea de qué pudo querer decir.

—Bueno, no se preocupe. Mañana veré al doctor Bergson y sin duda podremos aclararlo.

En realidad, el inspector estaba esperando una llamada de un conocido suyo en la Sûreté antes de dar ningún paso. Hawthorne-Mannering se inquietó.

—Confío en que se asegure usted de que nadie acose ni insulte a un visitante tan distinguido. Pronto volverá a París, después de una serie de encuentros científicos, y debemos ase-gurarnos de que sus impresiones…

—No se preocupe, señor, puede dejarlo en nuestras manos. Pero tal vez, para terminar, no le importe decirme si gozaba usted mismo de la confianza de sir William.

—En ningún sentido. Las ideas de sir William no coinci-dían con las mías y su estilo tampoco era el mío.

—¿No se llevaban ustedes bien?

—Lo odiaba.

Los dos policías tuvieron la astuta idea de que aquel distingui-do visitante podría recibir la insinuación de que era mejor mar-charse. Mace suspiró aliviado cuando lo llamaron de París con excepcional rapidez. Luego, él y el sargento salieron por una puerta trasera para evitar la gigantesca cola de la tarde de los sábados y subieron a un taxi hacia un hotel en South Kensington.

—¿Qué le ha parecido ese Hawthorne-Mannering? —preguntó el inspector.

—Bueno, parece un hombre muy culto.

—Ha sido franco respecto a lo de odiar a sir William.

Rodearon el parque y se detuvieron ante un edificio reluciente.

Los dos se quedaron impresionados al entrar en la suite de Rochegrosse-Bergson y encontrarlo sentado a la mesa, con la luz tenue reflejada en el pelo plateado y las hebillas de los zapatos, concentrado en un libro que parecía estar escribiendo. Las páginas se amontonaban bajo su mano en una pintoresca confusión.

—Lamento interrumpirle, señor, si está usted escribiendo algo ahora mismo.

—No se disculpe, inspector. En esta situación, si hemos de volver a los arquetipos, yo soy el sabio y usted el zopenco. En los cuentos tradicionales, los apólogos, la intervención del zopenco a menudo es muy útil. ¿Recuerda usted el cuento del hombre que se cosió el cuello de la camisa y le pidió a su mujer que le cortara la cabeza para poder ponerse la camisa?

—No acabo de ver que eso fuese muy útil —dijo el inspector.

—No es más que un ejemplo. Solo insinúo que quizá usted, *M. L'inspecteur*, sin tener ni idea de arte, pueda resolver los pequeños misterios del Museo.

El inspector Mace, que pertenecía a la Unidad de Arte de la policía y colaboraba en el Registro Artístico Internacional, no hizo ningún comentario.

—¿A qué pequeños misterios se refiere, señor?

—¡Ah!, eso tendrá que decírmelo usted, inspector, ese es su *métier*.

—Lo que estamos haciendo no tiene ningún misterio, señor, ninguno. Solo estamos preguntando por las circunstancias de la muerte de sir William Simpkin.

—Su muerte accidental, sí.

—¿Era usted amigo íntimo de sir William?

—Me temo que no...

—Pero dio usted una conferencia en su despacho el pasado miércoles...

—Eso fue una simple cortesía.

—Tengo entendido que en esa ocasión sir William hizo una alusión a su cambio de nombre.

—Me sorprende que se haya enterado: la conferencia fue privada.

—¿Es cierto que se llamaba usted Schwarz?

—Si le divierte a usted creerlo...

—¿Cambió su nombre por el de Rochegrosse-Bergson después de ser procesado en 1947?

—Si estuve en la cárcel en 1947, es probable que fuese en buena compañía.

—¿Y puedo preguntarle, señor, a qué se dedicó usted durante la guerra?

—A lo único que podía hacer un pobre enfermo. Cuidé de mi pequeño museo provincial en Poubelle-sur-Loire. ¿Lo conoce usted, tal vez, inspector? Muy bien alojado en un antiguo Hôtel de Dieu, aunque no recibía muchas visitas de los buenos ciudadanos de Poubelle.

—Debían de ser unos zopencos —sugirió el sargento Liddell.

Rochegrosse-Bergson lo miró.

—¿Es su subordinado?

—No he estado en el museo de Poubelle —continuó con firmeza el inspector—, pero sé que tenía algunas piezas notables: una colección de joyas barrocas con perlas, un Fouquet, un Nattier, y un Rembrandt: *Dos mujeres bordando a la luz de una lámpara.*

—Sí, así es. Un Rembrandt pequeño.

—¿Nada de eso está ya en el museo?

—Se perdieron algunas cosas.

—¿También el Rembrandt?

—Sí.

—¿Nunca se recuperó?

—No que yo sepa.

—¿Y no tenía seguro?

—¡Un museo de provincias! No podíamos pagar las primas.

—Un pequeño museo que se ha visto obligado a cerrar —dijo el inspector—. Creo que no me equivoco si digo que en Francia hay una ley de prescripción: un propietario no puede reclamar su propiedad robada pasados treinta años. Supongo que ese plazo se habrá cumplido hace poco.

—Eso parece. Ha hecho usted el cálculo por mí.

—Pues bien, señor, cuando sir William hizo esa alusión a su nombre, supongo que dando a entender que conocía bien su pasado, ¿tuvo usted la sensación de que esa era una situación potencialmente incómoda o peligrosa para usted?

—Se dijo en privado.

—Pero entre personas a las que imagino que usted quería causar buena impresión.

—No me preocupa la impresión que causo. Mi conferencia fue valorada por sí misma.

—Pero, a pesar de eso, y de la cena que tengo entendido que celebraron en su honor, ¿no pensaría usted por casualidad que sería mejor que sir William no estuviese por medio?

Fingiendo despreocupación, Rochegrosse-Bergson pasó los dedos por encima de la máquina de escribir.

—Declino responder a más preguntas. El tiempo que ya les he concedido es tiempo robado a la literatura.

—¿Lo va a dejar marchar? —preguntó el sargento Liddell.

—Sí, que vuelva a París. Luego volveré a hablar con la Sûreté.

—¿Qué fue de todas esas cosas de su museo?

—Se dice que se las vendió a varios empresarios, una a una. Dio a entender que se las habían llevado los alemanes en la ocupación.

—¿Cree que sir William lo sabía?

—Parece que sabía muchas cosas.

—Bueno, señor, ¿qué hacemos ahora? Llevamos desde las 7:46 y son las 16:42, por si quiere saberlo, señor.

—Lo sé, sargento. Pero aún quiero interrogar a Jones. A estas alturas, seguro que ya lo habrán encontrado. Unas palabras con Jones, y podemos dar el día por terminado.

El sargento Liddell se resignó. Tuvieron que emplear la puerta trasera del Museo, igual que antes, y aun así fue difícil encontrar a alguno de los guardas entre la multitud. Uno de los porteros pasó corriendo y casi se chocó con ellos; los agentes reconocieron los comienzos del pánico.

—Dígale a Jones que quiero hablar con él —dijo el inspector, firme como una roca.

—No puede hablar con usted. Ni con nadie. Hace diez minutos se ha caído por la ventana del quinto piso. Se ha hecho pedazos.

5

C uando Waring Smith llegó a casa se sentía machacado, mucho más sabio y mucho menos seguro de sí mismo, y no tenía ni idea de qué hacer a continuación. Su sentido común le dijo que sería mejor ir a trabajar a la hora de siempre al día siguiente y hacer un informe lo más aceptable posible de la expedición.

En cuanto recogió los periódicos, amontonados en acusador desorden sobre el felpudo, se enteró de los detalles de la muerte de sir William. Luego, en los dominicales, encontró un largo párrafo sobre la muerte de Jones. Sorprendido e incrédulo, Waring solo acertó a recordar cuánto insistía sir William en dejar que el público creyera lo que le diera la gana sobre la Maldición del Tesoro.

Se levantó temprano para ir a la lavandería antes del trabajo; allí, sentado entre un vagabundo adormilado y una mujer antillana madre de seis hijos, mientras su camisa y sus calcetines giraban ante sus ojos, se permitió pararse a pensar, o más bien a sentir. Todos los resortes de la emoción que había tenido bloqueados, primero por las exacciones de la Whitstable and Protective Building Society y luego por la perplejidad de su viaje a Rusia, se liberaron. Incluso la magnitud de la verdad sobre la Exposición pasó a un segundo plano y lo absorbieron la añoranza por Haggie y el dolor por la pérdida de sir William. Sí, sir William tenía ochenta y cinco años y su vida pendía a diario de un hilo. Pero había llenado un lugar que ahora quedaría vacío para siempre. Qué amable y qué poco amable había sido justo en los momentos adecuados, y qué impresionante, claro y distante, con la pátina de la edad sobre él, como los objetos más escogidos del Museo, apartado y al mismo tiempo afectuoso con el extraño siglo hasta el que había sobrevivido. Se había preocupado por el paciente público a la entrada del Museo, no por sentimentalismo, ni siquiera porque hubiese nacido en la trastienda de una casa de dos habitaciones en Poplar, sino por una simple cuestión de justicia. No podía imaginar el Museo sin la oportunidad de subir al despacho de sir William, lleno de humo de la mañana a la noche, a charlar un rato de Dios sabe qué.

Los periódicos también hablaban de una investigación policial, y eso fue un duro golpe. A Waring le habría gustado que el anciano hubiese sido enterrado en paz. En cualquier caso, aquello no tenía sentido. ¿Cómo iba sir William a haberse desmayado y muerto en la Biblioteca? Nunca iba allí.

Incluso en los pocos días que había pasado fuera, el aspecto de las colas había cambiado. El patio una hora antes de que el Museo abriera sus puertas tenía más la apariencia de una gran feria pintada por Brueghel; hacía casi tanto frío como en Moscú, niños pequeños con gorros de lana de colores se perseguían unos a otros entre las piernas de la multitud, y habían dejado instalar sus puestos a vendedores de perritos calientes y empanadas de carne debajo de las columnatas. Cuando Waring llegó al trabajo y mostró su pase del Museo, la policía estaba llevándose a un hombre orquesta.

—Tranquilo, agente. Solo estaba animándoles con unos cuantos bailes y canciones —se quejaba el harapiento músico.

Era evidente que hacer cola para ver al Niño de Oro, estuviese maldito o no, se había convertido en un estilo de vida, y Waring tuvo la impresión de que la multitud había plantado sus tiendas en el inhóspito desierto que había delante del Museo para siempre.

Los guardas se alegraban de tener un nuevo público para sus lúgubres especulaciones. Como es natural, les preocupaba mucho más la muerte de Jones que la de sir William. Jones, por su anómala posición, había sido objeto de muchas críticas en vida; ahora ya no era así. A Waring le dijeron que Jones era una especie de mártir, pues en cierto modo había dado la vida por sir William, se mirase como se mirase. O bien se había suicidado por el dolor —nadie creía ni por un momento que hubiese sido un accidente—, o bien le habían empujado, pues quedaba fuera de toda duda que había descubierto algo, de un modo u otro, sobre la muerte de sir William, e iba a contárselo al Director. Había dejado caer alguna insinuación al respecto. No había usado el ascensor, sino las escaleras. ¿Por qué no había acudido a la policía? Bueno, era de esos pobres desgraciados, ya me entiende, que necesitan sentir devoción por alguien; cuando sir William murió, parece ser que lo sustituyó el Director.

—Es una pena que no pudiese asistir ayer al funeral, señor Smith... Al funeral de Jones. Se celebró en Willesden. No vino mucha gente. Fue como si no tuviese parientes. Compramos una guirnalda entre todos, claro. Era inconcebible. Tuvieron que recuperar lo que quedó de él del patio número tres, frente a las salas de arte asirio.

—Ojalá hubiese podido ir al funeral —dijo Waring—. A sir William también le habría gustado asistir.

—Sé lo que quiere decir, señor Smith.

—¿Y qué van a hacer con sir William?

—Se va a celebrar una misa en St. Paul. Con entrada, pero no sabemos cómo van a repartir las entradas según los cargos. Ya verá que está siendo motivo de debate.

Al subir a trabajar con cierta desgana, Waring tuvo que pasar por el Departamento de Prensa, que estaba revolucionado. Los sensibles amigos de Hawthorne-Mannering, los cultivados corresponsales de los mejores periódicos, mi amigo Peter Gratsos y demás, pululaban por doquier. Reporteros y desconocidos se abrían paso a empujones hasta el departamento mal preparado, se negaban a aceptar los impresos redactados a toda prisa sobre la Maldición, tropezaban con los cables de la televisión y las emisoras de radio, y chocaban con los sesudos enviados de universidades estadounidenses que estaban intentando hacer una investigación sobre el terreno, bajo condiciones estrictamente controladas, de los visitantes a la Exposición, para ver si alguno de ellos había sido maldito o debilitado por su confrontación con el Niño de Oro. No era difícil encontrar a gente que salía de la Exposición sintiéndose rara, o que se había sentido rara mientras había estado en la Cámara Funeraria, y sus grados de rareza, vio Waring, estaban siendo clasificados a través de un cuestionario para que la Maldición pudiese ser evaluada por ordenador. Pero la Exposición estaba hecha de falsificaciones e imitaciones modernas; ¿qué fuerza podía tener, pensaba Waring, una Maldición falsificada?

Estaba pasando por la entrada trasera de la Exposición y se le ocurrió, como una súbita e inesperada iluminación, que le gustaría mucho ver el objeto que representaba su último contacto con sir William: la tablilla de barro que le habían pedido que volviera a dejar en la vitrina VIII. La convicción, completamente infundada, de que se la había dado por un motivo, de que sir William en realidad no había esperado que la devolviera sin mirarla, le fue dominando más y más. ¡Qué cosa tan curiosa, qué cosa tan absurda había sido, si se paraba uno a pensarlo, pedirle que volviese a esa hora de la noche al Museo para poner en su sitio una tablilla de barro sin catalogar! Habría podido hacerlo por la mañana. Waring entró por una de las puertas traseras, sintiéndose culpable, como siempre, por los que se encontraban a más de medio kilómetro al final de la cola. Estaba en la segunda sala. No quiso ver el resto de los objetos de momento; sabía que lo que tenía delante eran réplicas que no valían mucho más que el pan de oro con el que las habían decorado, y que todo el trabajo que habían hecho él y tantos otros había sido puesto al servicio de una estafa gigantesca. Ya pensaría en eso después; de momento fue directo a la vitrina VIII. Miró con cuidado, le dio la vuelta y miró otra vez; no había duda: la tablilla había desaparecido.

¿Se habría denunciado la pérdida? Y, en caso contrario, ¿debería denunciarla él? La enormidad de todos los acontecimientos monstruosos que habían ocurrido en la Exposición desde las primeras pacíficas reuniones del comité para decidir el espacio disponible le pesaba como una losa, y volvía a sentirse medio estrangulado. Mejor ir a trabajar un poco y, aunque últimamente le había sido imposible, ocuparse de sus propios asuntos. Pero, cuando llegó a su minúsculo y familiar despacho, el último a la izquierda en el tercer pasillo de la derecha, el corazón pareció darle un vuelco y dejar de latir. Su nombre había desaparecido de la puerta, y cuando la abrió no había nada sobre su escritorio. Sus libros y su mesa de dibujo habían desaparecido, igual que su pisapapeles, un pedazo de mármol de Iona que Haggie y él habían encontrado en su luna de miel. Se lo habían llevado todo, hasta su silla: una limpieza total.

Fue como una siniestra reminiscencia de la noche en el hotel Zolotoy, salvo por las dos cartas dirigidas a él que esperaban en la bandeja de entrada. La esperanza volvió con el sobresalto de individualidad que siempre produce ver nuestro nombre escrito. Se sentó incómodo en el borde del escritorio y abrió la primera: era un memorando interno.

De: Conservador de Arte Funerario.
A: Sr. W. Smith.

Ha habido una pequeña reorganización durante su ausencia y su nuevo nombramiento será el de Ayudante Personal del Director. Lo mejor será que hable conmigo lo antes posible, solo para aclarar su situación.

M.H. – M.

La otra carta iba en un sobre sucio y arrugado con las señas escritas con la letra puntiaguda típica del continente.

Querido señor Smith:

Mis condolencias por lo sucedido, y por la pérdida de aquel que era su amigo. Me alojo con el señor Leonard Coker, lo cual tal vez le resulte sorprendente, pues él y yo tenemos que hablar de ciertos asuntos. Pregunte por mí, por favor, en su apartamento encima del café Megaspeilon, en la calle Ithaca.

Atentamente,
Heinrich Untermensch

«Al menos —pensó Waring— no es que no me quieran aquí. Es mejor de lo que había pensado.» Que hubiesen vaciado su despacho estaba explicado, al menos en parte. Pero no tener silla, ni un lugar fijo en el enorme edificio, le hacía sentirse desnudo, ajeno y desubicado. Tenía que averiguar qué pasaba, en qué afectaría a su salario y qué habían hecho con sus cosas. Normalmente, si de verdad se trataba de un traslado, le habrían pedido seguir el procedimiento habitual del Departamento de Recursos Humanos. Pero parecía que ahora, por alguna razón que no alcanzaba a comprender, lo único que tenía que hacer era ir a ver a la Reina de Mayo. Hawthorne-Mannering estaba en su despacho. Aunque a menudo estaba cansado, siempre era puntual.

—Su empleo, ah, sí, permítame que le cuente. Subirá usted un punto en el escalafón…, pasará a ser un AP4. Ya no tendrá contacto directo con las exposiciones. —En su voz se coló una sombra de satisfacción—. Trabajará de cerca con sir John Allison, de hecho como ayudante personal subalterno, en particular las tres próximas semanas, mientras su secretaria, Veronica Rank, disfruta de sus vacaciones anuales. La señorita Rank, de hecho, es la única que puede explicarle sus obligaciones con detalle, y debe usted ir a verla mañana por la mañana, a las ocho y media, tenga la bondad de apuntarlo.

Como AP4, el salario inicial de Waring sería de 3957 libras. Pero ¿qué tendría que hacer exactamente?

—Parece usted un tanto perplejo por este ascenso repentino.

Pero Waring no estaba perplejo. Lo entendía muy bien, y solo se preguntaba si el dinero extra valdría la pena. No sentía más que respeto y admiración por sir John Allison, pero no era tan idiota para creer que pudiera ayudarle de ningún modo. Pensó que debería aprovechar la oportunidad, brillar, ganarse al gran Director; pero lo cierto era que lo suyo era la planificación de las exposiciones: sabía cómo hacerlo y le gustaba, pero no estaba tan seguro de ser competente en ninguna otra cosa. Además, estaba claro como el agua que no lo habían ascendido por sus habilidades. Querían vigilarlo porque nadie sabía qué había visto o averiguado en Moscú —la Muñeca de Oro aún seguía en su maleta— y, lo que era mucho más importante, si hablaría demasiado, y si, llevado por su inexperiencia, revelaría verdades incómodas a las personas equivocadas.

Se puso en pie.

—Muchas gracias. La señorita Rank mañana, a las ocho y media.

—Un momento —dijo Hawthorne-Mannering, con aparente desinterés—. ¿Qué tal fue su pequeña peregrinación a Moscú?

«Conque él también lo sabe», pensó Waring. «Por eso quería verme.»

—Creo que logré cumplir el encargo —dijo.

—¿Y el profesor Semiónov?

Waring dudó.

—Me parece que es más fácil tratar con él por carta que cara a cara. Pero, como tal vez sepa usted, tengo órdenes de informar al Director en persona.

—Claro, claro. Acepto el reproche.

—No era mi intención.

A Waring le pareció que Hawthorne-Mannering estaba especialmente raro ese día. Tal vez debería decirle algo menos hosco a modo de despedida. Waring era consciente de que él mismo se había endurecido esos últimos días. Su ingenuo deseo de agradar y convencer había desaparecido, y había sido sustituido por una nueva percepción, que aún no había llegado a asimilar del todo, respecto a cómo funcionaba el mundo.

—Quisiera decirle cuánto he disfrutado trabajando en la Exposición —dijo—. Lamentaré mucho dejarlo. Es lo que más me interesa: el punto de contacto con el público. Sé que hay personas que preferirían prohibirle la entrada o restringirla a días concretos. Por supuesto, yo era demasiado inexperto para tener voz en eso, pero tenía, y sigo teniendo, una opinión muy clara al respecto.

—Se ha hablado mucho del asunto —replicó Hawthorne-Mannering—, pero nuestra relación con el público no es mi especialidad, no me compete. Siempre me he mantenido al margen. ¡Yo me lavo las manos!

¡Yo me lavo las manos! Alargó los elegantes puños de la camisa y extendió las palmas abiertas en aquel gesto casi automático tan familiar. Waring las miró fascinado un segundo, y al instante, como paralizado por la vergüenza e incluso el miedo, Hawthorne-Mannering intentó ocultarlas. Demasiado tarde. Waring saltó hacia delante y, desde el otro lado del escritorio, le agarró las flacas muñecas. Le parecieron los huesos huecos de un pajarillo, retorciéndose bajo su firme presión. A través de las palmas blancas había una fina línea roja, la marca de una cuerda o un hilo.

—¡Fue usted quien me atacó esa noche! ¡Usted quien me rodeó el cuello con el Cordel de Oro! ¡Es la marca! Pensé que había sido Len. ¡Usted estuvo a punto de estrangularme!

Hawthorne-Mannering se encogió y se retorció.

—Se está poniendo usted en ridículo, Smith. Ha perdido la cabeza. ¡El Cordel de Oro! Se convertiría en polvo si…

—No si fuese un cordel normal y corriente. Lo es, y usted lo sabía. Toda la puñetera Exposición es falsa, es un mito, y parece que todo el mundo lo sabe menos las decenas de miles que esperan en la acera.

—¿Y qué más da? —gimoteó Hawthorne-Mannering—. Han venido a asombrarse, y se asombran. ¿Qué más pueden pedir?

—¿Por qué? —dijo Waring con ferocidad, y luchando con no menos ferocidad contra la tentación de zarandearlo—. ¡Arte Funerario! Asesino, casi asesino, ¿por qué fue a por mí?

—¡Le odiaba! Se pasó de la raya. Se salió de su campo. Cuando estuve de baja, se llevó mi prestigio… Metió sus vulgares descripciones y atribuciones en mi catálogo. ¿Qué hacía en la

Exposición esa noche? Espiando, tomando notas..., ¡preparando una monografía que se publicase antes que la mía! Vi el Cordel de Oro. Me pudo la tentación, sí, la tentación, yo nunca habría hecho cosa semejante. No pensé en las consecuencias para mí: quería asustarle. Sentía un enorme deseo de verlo estrangulado y sin vida, ¡pero logré contenerme!

—Logró oír que venía alguien y salió huyendo —dijo Waring—. Por el amor de Dios, ¿me está diciendo que me estranguló por un catálogo?

—No lo entiende...

—Lo que entiendo es esto: me han explotado y me han insultado. Me han atravesado el pie con un arpón. Me han estrangulado. Me han enviado fuera del país; me han hecho quedar como el tipo más idiota de la Unión de Repúblicas Socialistas Soviéticas. Me ha interrogado el MI5. He perdido mi trabajo. He perdido a mi mujer. Y, no obstante, por alguna razón que no sabría explicar, lo que más me preocupa es saber qué le pasó a sir William y cómo murió. Usted, pobre miserable, figurín de dedos de mantequilla, ¿usted tuvo algo que ver con eso?

Hawthorne-Mannering se había derrumbado. Parecía estar perdiendo las pocas fuerzas que le quedaban. Era inútil seguir insistiendo para averiguar la verdad. Waring dejó de apretarle las frágiles muñecas y lo soltó.

—¿Qué va a decir de esto? —preguntó con voz trémula Hawthorne-Mannering—. ¿Cree necesario contárselo a alguien? ¿A la prensa? ¿A la policía?

—No —respondió Waring.

—Se lo agradezco. Perjudicaría a mi carrera. —No obstante, ahora que Waring lo había soltado, Hawthorne-Mannering pareció recuperarse. Se sentó casi erguido y, con cuidado de mantener las palmas hacia abajo, dijo de pronto con voz alterada—: Puede irse, Smith. Esta ha sido una *intrumicisón injusplicable*.

Waring lo miró con desánimo. «¿Qué le pasa a la Reina de Mayo?», pensó. «¿Ha sido demasiado para él? Es cierto que yo desvarié un poco en Moscú, después del vodka, pero no me puse así. Y, además, son solo las diez.» Hawthorne-Mannering parecía consciente de que algo no iba bien.

—Padezco de…

—¿No debería ir a que le viera alguien?

—Sí…, sí…, bajo *frescripción pacultativa*…

—Probablemente sea lo mejor —dijo Waring—. Voy a decirle una cosa más. Puede confiar en que no volveré a mencionar este asunto, y puedo añadir que no tengo intención de escribir ninguna monografía. Pero recuerde que me debe usted un favor. Y es muy probable que se lo reclame.

Hawthorne-Mannering asintió débilmente con la cabeza. «No creo que mis responsabilidades incluyan llamar a un médico —se dijo Waring—, aunque tiene un aspecto muy raro, casi transparente.» Preguntó si podía hacer algo por él o llevarle alguna cosa, y Hawthorne le respondió que «*tamar* un *llaxi*». Iba a retirarse a su refugio en Poynton, la casa familiar en Dorset.

Cuando Waring habló de favores, de manera más calculadora de lo que era natural en él, estaba pensando en Len. Los guardas le habían dicho que al señor Coker lo habían despedido, por cultivar drogas peligrosas en el sótano, añadieron. Waring no sabía si Len podría encontrar trabajo fácilmente en esas circunstancias, y, a su manera, el Conservador de Arte Funerario era un hombre influyente.

Entretanto, no le pareció que nadie fuese a necesitarlo a él en el Museo hasta la mañana siguiente. Preguntó si sir John Allison pasaría por allí en algún momento, pero le dijeron que el Director había tenido que viajar a Suiza para gestionar un posible traslado de la Exposición a Ginebra; no volvería hasta el día siguiente por la tarde.

Waring volvió a pensar en Len. Le debía una disculpa por pensar que había intentado estrangularle con una cuerda; eso había estado fatal, y no tendría la sensación de haberse redimido hasta que no se lo contara a Len. Tenía tiempo de sobra para pasarse por el apartamento encima del café Megaspeilon; de hecho, tenía todo el día, y si, según daba a entender por su carta, el profesor también se encontraba allí, tanto mejor. Waring había conocido a muchos eruditos, a muchos expertos en su campo, pero ninguno, a excepción de Untermensch y del propio sir William, había destacado por su compasión.

Por una asociación de ideas que no se molestó en aclararse a sí mismo, Waring decidió llamar a casa una vez más, aunque corriese el riesgo de oír, por duodécima vez, aquel sonido inconfundible, la estúpida repetición de un teléfono sonando en un piso vacío. Hizo acopio de valor, marcó, y Haggie respondió.

Había vuelto y aceptó verle. Comentó, alegremente y con toda la razón, que hacía mucho que no iban juntos a ningún sitio.

—No te molestes en pasar por casa —dijo—. Me voy a cortar el pelo. Muy corto. Quedará distinto.

Waring pensó que preferiría que no lo hiciese, pero tuvo el sentido común de no decírselo. Podían quedar a las seis y media o así, y comer algo, o lo que fuera, y ver una película, o lo que fuera. Podían quedar en el Dominion, en Tottenham Court Road.

Waring estaba exultante. Todo había terminado; las cosas volverían a ser como antes. Ella no había dicho nada de su marcha a Hackney. Él, por su parte, se había reservado la noticia de que lo habían ascendido a AP4, y de que la Whitstable and Protective, aunque siguiese siendo un enemigo formidable, sería menos amenazadora. Un poco de dinero extra suponía una gran diferencia. Era cierto que las visitas a la peluquería a menudo resultaban desastrosas, que Haggie se arrepentía del estilo que había elegido nada más salir; pero lo superaría, su pelo crecería, la vida se renovaría, su cama volvería a estar caliente, y serían felices, no le cabía duda.

Salió por las enormes puertas giratorias y contempló, escaleras abajo, el patio eternamente abarrotado. Sintiéndose libre y liviano en aquel inesperado momento de felicidad, le dominó un impulso inesperado: tuvo la sensación de que debía —y así lo sintió, como un deber— ponerse a la cola y ver el Tesoro Dorado no como un funcionario del Museo, sino como cualquiera que pagase los 50 peniques de la entrada. Sir William siempre había querido hacerlo, pero era demasiado viejo; había animado a sir John a que lo hiciera, pero sir John —cuyo rostro era muy conocido por el público debido a su larga serie de televisión *¿Qué es la cultura?*, en la que había aparecido en primer plano delante de las obras de arte más conocidas de Europa occidental— pensó que lo reconocerían. Waring, no obstante, no estaba justificándose, ni iba de observador, ni por la experiencia. Simplemente salió con su gabardina, guiado por un instinto vago pero fuerte, y ocupó su sitio en el extremo más alejado del patio, al final mismo de las seis vueltas que daba la cola.

Los porteros lo vieron salir y se dieron unos golpecitos elocuentes en la frente. El señor Smith iba por el mismo camino que Jones. Mala cosa. Y el señor Hawthorne-Mannering acababa de irse en un taxi con un aspecto espantoso.

Waring llevaba en su sitio solo unos momentos cuando otros se pusieron detrás. Lo rodearon y lo aceptaron, y desde ambos lados la gente empezó a hablarle, a la propicia luz del sufrimiento compartido. Le dijeron que tenía suerte, que hoy solo había tres horas y tres cuartos de espera. ¿Cómo llegaban a hacer esos cálculos tan precisos? La duración de la espera, pronto quedó claro, era una parte importante de la experiencia de ver el Tesoro. Algunos —de hecho, a Waring le pareció que la mayoría— de los que estaban en la cola habían visto la Exposición varias veces, hasta veinte. Una mujer, de aspecto nada fornido, y acompañada por varios niños, la había visto todos los días desde que se inauguró. Al día siguiente había tiempo extra, estaba abierta al público también de seis a ocho, así que pensaba ir dos veces. Esa gente estaba bien preparada e iba vestida no como los Suntreaders, sino más bien como Waring recordaba haber visto en fotos de los tiempos del Blitz. De hecho, la ropa era en gran parte de esa época, pues casi toda procedía de almacenes de excedentes militares. La muchedumbre llevaba anoraks de la RAF, abrigos del servicio de Voluntarios Antiaéreos, chaquetas antibalas de piel de cordero de imitación y gabardinas de cartero. Llevaban hornillos portátiles, radios de onda corta para pasar el tiempo y tablones para cruzar los charcos. Dios sabe cómo se las arreglarían en el guardarropa del Museo para organizar todo ese equipo paramilitar. Aunque a Waring le contaron que en los primeros días, hacía un par de semanas, no tenían nada de eso. ¡Los Diez Mil Primeros! Hablaron uno o dos que habían vivido esos rigores. A quienes podían demostrar que habían hecho cola los tres primeros días —pues esos días no hubo un solo momento en el que no hubiese que hacer cola— les habían dado una especie de chapa, con dos pies maltrechos sobre fondo dorado.

Waring se quedó desconcertado al descubrir que casi todo el mundo parecía tener una idea muy indefinida sobre qué había ido a ver, o no estar muy interesado. Los veteranos describieron el Tesoro de manera ciertamente vaga. «¡Verá que es todo oro macizo!» Se sintió un poco reconfortado cuando le dijeron que era mejor contener tu interés hasta que estuvieras a unos doscientos metros del edificio. El tiempo pasaba más deprisa si no pensabas en ello hasta entonces.

Cayeron unos copos de nieve y los niños sacaron la lengua para saborear los gélidos cristales. Waring se sintió transportado en el tiempo y el espacio al parque Alexandrovskaya. La verdadera solidaridad internacional no se daba entre los obreros, sino entre quienes hacían cola.

Waring esperó las tres horas y tres cuartos —que al final fueron casi cuatro horas— y llegó al último tramo de cola a eso de las tres en punto. La llamada telefónica y la sociable espera le habían hecho totalmente feliz. Ya no se sentía solo, y se había librado del peso misterioso que parecía haber oprimido su ánimo. Pero cuando la entrada principal se alzaba solo a cincuenta metros de distancia, se produjo un cambio en la cola. Fue como la costumbre de los peregrinos medievales a Santiago de Compostela, cuando el primer peregrino en ver los campanarios gemelos de la catedral alzaba su báculo en el aire y recibía el nombre de «rey». Del mismo modo, un hombre muy servicial que podía oír lo que se decía en la entrada llamó la atención de los que esperaban en la cola y les transmitió la información de que lamentablemente cada visitante dispondría solo de diez minutos para estar en el Museo, y de veinte minutos para pasar por delante del Niño de Oro. Todo el mundo empezó a sacar el dinero, aunque faltaba bastante tiempo hasta que lo necesitaran. Se quitaron un guante para contar las monedas, se soplaron los dedos entumecidos, y volvieron a ponerse el guante. En ese momento, de nuevo por puro impulso, Waring se escabulló con discreción. No quería que volviesen a mirarlo los porteros; pero, además, aunque había tenido muchas ganas de ver la Exposición, y sobre todo su modesta contribución —los paneles y las fotografías—, con nuevos ojos, descubrió que ahora que había llegado el momento no podía. Corría el riesgo de perder la cabeza por completo y plantarse allí gritando: «¡No es oro todo lo que reluce! ¡Por favor, formen ordenadamente una cola en la dirección opuesta! ¡Les devolverán el dinero a la salida y el Director del Museo, sir John Allison, estará arrodillado en las escaleras para disculparse!».

Eso no podía ser, aunque fuese solo una pesadilla. Decidió ir a la calle Ithaca.

Estaba tan oscuro que las luces de las librerías, las oficinas de traducción y los cafés sin pretensiones que habían surgido bajo la protección del Museo ya estaban encendidas. El Megaspeilon apenas parecía abierto. Era una cueva, y el desesperanzado propietario griego le indicó que podía pasar, apartar una pila de cajas y subir por unas escaleras oscuras al lugar donde vivía el señor Coker.

«Lugar» era el nombre que mejor se ajustaba al hogar actual de Len, pues era una ubicación y poco más. Tenía un suelo, cubierto con lo que parecía ser tela de saco, pero las paredes estaban húmedas y el techo era sospechoso. Ingenioso y pulcro, Len había instalado un sistema de ganchos donde colgaba la ropa y las cazuelas, y donde —quizá con demasiado optimismo— también había puesto hierbas a secar. Pero los muebles eran rudimentarios y el profesor Untermensch estaba sentado al lado de la estufa en una caja de embalar.

En el rincón de enfrente había una cama de matrimonio cubierta con una colcha de remiendos; Len, llevado por su sentido práctico, le había aserrado las patas, de modo que reposaba sobre el suelo. «No sabía que Len estuviese viviendo con nadie», pensó Waring. «Le preguntaré después, pero no mientras esté aquí el profesor.» Quienquiera que fuese, no había ni rastro de la joven por ninguna parte, solo la colcha de remiendos; era imposible que la hubiese tejido Len.

—Aquí estamos, dos desempleados —exclamó el profesor muy contento—. ¡Me alegro de volver a verle!

—Hola, Waring —dijo Len.

—Len, antes de que digas o hagas nada, quiero disculparme contigo. Desde el jueves pasado, he estado convencido de que habías intentado estrangularme.

—No, te confundes, muchacho. No te estrangulé. Te atravesé el pie con un arpón de pesca.

—Pero alguien sí me quiso estrangular. Alguien me rodeó el cuello con un cordel el pasado jueves por la noche, en el Museo, donde la Exposición.

—Así que volviste, ¿eh? Yo estaba en el vestíbulo cuando saliste.

—Tuve que bajar a la Exposición, y antes de que me diera cuenta de dónde estaba noté que alguien me estrangulaba. Acabo de descubrir que fue Hawthorne-Mannering.

—Nunca habría pensado que tuviese tantas agallas —dijo Len—. Pero me disgusta un poco que pensaras eso de mí. Un accidente con un arpón es otra cosa.

—Lo sé, lo siento.

—Olvídalo. Iba a preparar un poco de Nescafé. Típico de los parados. ¿Qué tal en Rusia?

—¿No te ha contado nada el profesor?

—Wittgenstein dice —comentó con calma el profesor— que cuando le comunicamos un sentimiento a alguien, algo imprevisible ocurre siempre al otro lado.

—Es evidente que no te ha contado nada. Pues la verdad, Len, lo de Rusia fue un desastre. Pero es una de las muchas cosas en las que no quiero pensar ahora mismo.

—Han metido por medio a la policía —dijo Len—. Imagino cómo te sientes respecto a sir William.

—No tuve ocasión de hablar con él antes de irme. Ojalá hubiese podido. Y luego me dio la impresión, no en ese momento, pero después me he convencido, de que quería decirme algo.

—¿Cómo?

—Me dio una tablilla de barro para que la volviese a colocar en la vitrina VIII. Un poco raro, si se piensa bien. Cuando fui a verla esta mañana había desaparecido.

—¿Qué te hizo pensar que era un mensaje?

—Cuando lo pensé después, caí en que era distinta de las demás. Era el mismo tipo de barro, ese barro rosado, y parecía antigua, pero las inscripciones eran nuevas, como si acabasen de hacerlas.

—Es que acababan de hacerlas —dijo Len—. En cuanto a la tablilla, no te preocupes por ella; la tengo yo.

Fue como si tal cosa a una nevera vieja que había en el rellano, la abrió, apartó un par de botellas de leche y sacó la tablilla de sir William. Era el único sitio que tenía para guardar cosas, aclaró.

—¿Cómo demonios la sacaste de la vitrina VIII? —le preguntó Waring—. Yo mismo la metí y cerré la vitrina con llave.

—Pasé por allí a la mañana siguiente y encontré unas llaves en el suelo —dijo Len—. Alguien debió de perderlas. ¿Tú, tal vez?

—Y luego el pobre Jones las vio en tu despacho y se las devolvió a sir William. ¿No te diste cuenta de que habían desaparecido?

—¿Y qué? Las llaves son posesiones materiales…, lo mismo que vienen se van. En la sociedad del futuro no serán necesarias. Todo estará abierto para el Pueblo.

—Len, ¿por qué cogiste la tablilla? No sabías nada de ella.

—Pues claro que sabía. La hice yo.

—¡La hiciste tú! ¿Para qué?

—Para sir William. Él sabía que se me daba bien hacer cosas. Escribió los signos, los pictogramas, y yo preparé un molde de escayola y lo imprimí en la arcilla. La sequé con la lámpara de infrarrojos para acelerar el proceso.

—Entonces, ¿bajó él mismo al estudio?

—Bajó Dousha. Me explicó qué quería. Cuando la arcilla se secó, Jones se la llevó.

—¿Qué significan los signos?

—No lo sé. Por eso volví a cogerla, para averiguarlo. El viejo debía de querer que lo entendiésemos, pero...

—En eso yo puedo serles de utilidad —le interrumpió el profesor Untermensch.

Waring miró con escepticismo el pequeño cuadrado de barro. Recordó con claridad el momento en que el anciano lo había sacado del bolsillo con el puñado de monedas de oro. Ese había sido otro engaño. Waring pensó que la tableta, hecha por Len por encargo, era, en realidad, la única pieza auténtica de la Exposición.

El profesor Untermensch, por lo general tan modesto, extendió la mano para coger la tablilla con un gesto de experto en su campo. En cuanto empezó a explicar los jeroglíficos, una fuerte corriente de emoción, fruto de su amor por el conocimiento puro, se hizo notar en la habitación cada vez más oscura.

—Empezamos por el ideograma del ojo... En garamante, *wa* —dijo el profesor.

—¿Cómo puede saber cómo lo pronunciaban? —preguntó Waring—. ¿No se supone que lo único que sabemos de su lengua es que sonaba como el chillido de los murciélagos?

—Los trinos más agudos de los pájaros o los chillidos de los murciélagos —le corrigió el profesor—, pero hemos llegado a identificar los sonidos gracias un golpe de suerte, no muy distinto, en cierto sentido, del que permitió a Champollion traducir la inscripción en la piedra Rosetta. Tuve la fortuna de encontrar, en una de las farsas menos conocidas de Herodas, un pasaje en el que un personaje cómico, un eunuco, compra un esclavo garamante e intenta dar el equivalente en letra griega de los extraños sonidos que hace.

(wa)   (Ro)   (phot)   (ik)

(poo)   (dump)   (lib)

(sog)   (hak)   (kut)

(phRu)   (wa)

(skwa)

—*¡Wa!* —dijo Len, llevándonos Nescafé en tres tazas del Museo.

—*¡Wa!* —repitió Untermensch—. Por supuesto, es la lengua popular, no la lengua sagrada o hierática, que sería inapropiada para un mensaje personal. Al lado tenemos la jarra metálica, o recipiente de latón para llevar agua, *ro,* seguida por un interesante símbolo de dos hombres uno al lado del otro cargados con mercancías, que llamamos «el comprador y el vendedor». Los garamantes tenían una única palabra para «comprar» y «vender».

—Pero debían de saber la diferencia, ¿no?

—Parece que no, y que ese fue uno de los factores en el declive económico de su nación. He escrito una tesis sobre el tema.

—¿Cómo suena la palabra?

—¡*Phot!*

—¡*Wa ro phot...!*

—Muy musical, ¿verdad?

—Pero no se parece en nada a un murciélago —objetó Waring.

—Ah, pero no conocemos las entonaciones. Luego está la conjunción copulativa, nuestra «y», representada como un puente, *ik,* y luego tres pajarillos idénticos, *poo,* es el prefijo de repetición, el equivalente de «re». Es decir, *poo-phot* significa volver a comprar.

—O a vender —apuntó Len.

—Por supuesto. Ahora, fíjense en el símbolo siguiente. Representa el salón del pueblo, o salón popular de los ancianos garamantes, donde celebraban semanalmente sus consejos sobre los asuntos de Estado.

—¿Seguía el rey sus indicaciones? —preguntó Waring.

—Hacía caso omiso. Pero al menos observamos un mecanismo democrático.

—¿Qué palabra se usa para este salón del pueblo?

—*Dump.*

—*Wa ro phot, ik poo dump...*

El rostro del profesor se transfiguró, como el de quien oye una música lejana.

—Luego tenemos un pico, *lib;* luego *sog,* que puede ser tanto este como oeste, pues no podemos saber si el sol está saliendo o poniéndose; luego el símbolo *hak,* es decir, estofado.

—¿Con qué hacían el estofado? —preguntó Len.

—*N'en discutons pas.* Pasemos al símbolo siguiente: *kut,* el médico o cirujano, que está retratado sacando el corazón de un paciente complacido.

—Lo que le está sacando es el estómago —protestó Waring.

—La ciencia médica debe proceder mediante una experimentación gradual —replicó el profesor, frunciendo el ceño ante esa crítica implícita de la cultura garamante—. Luego... *phru,* todo, o todos, mostrado como una multitud de personas de diferente tamaño; luego...

—¡*Wa!*

—¡Ah! ¡Aprende usted deprisa! ¡Bendita juventud! Pero después de *wa* está el símbolo más poético, *skwa,* el poder creativo del sol... El dios Sol Hobi da la vida echando el aliento sobre una planta.

—Podría estar matándola —dijo Len.

—Así es. Procedamos.

—Algunos de estos ya los conocen, *wa,* y el pico, *lib...* ¡Cuánto pensaban en los pájaros! El siguiente símbolo es un telar, significa *dmin,* tejer, ¡prueba de una artesanía elaborada!

—Y *phru,* que significa «todo»...

—Sí... Los garamantes no sabían contar hasta más de cinco. Solo usaban los dedos de una mano. Por eso «cinco» significaba también «un número muy grande».

Len suspiró.

—No es un sistema muy preciso.

Las gafas del profesor centellearon.

—¡Luego viene un símbolo muy curioso! ¡Una indicación de un grado de cultura muy elevado! El mimo... ¡Reparen en el extraño tocado como una cabeza de pollo! En muchas de las cuevas en las que se ha encontrado ese símbolo, la nariz estaba pintada de rojo!

—¿Cómo se pronuncia?

—*Obek.*

—¡Por fin dos sílabas! —murmuró Len.

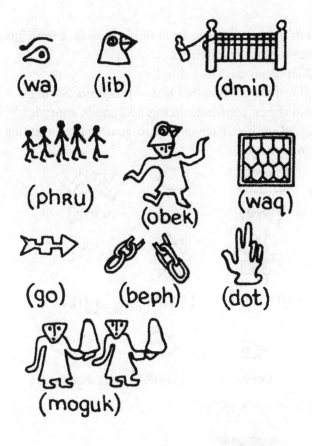

(wa) (lib) (dmin)

(phʀu) (obek) (waq)

(go) (beph) (dot)

(moguk)

—Luego, la miel, un dibujo de un panal, *waq; go*, sencillamente un símbolo direccional que significa «hacia» o, simplemente, «en dirección a», y después *beph*, «libre», muy bien representado por una cadena partida en dos; luego *dot*, «sumar», con los dedos, claro, y eso es lo que se muestra aquí. El siguiente símbolo es el de los embajadores, que llegan con un tributo en forma de sal. He demostrado que este símbolo es *moguk*, la embajada o misión.

—Los embajadores están dibujados igual que los garamantes —observó Waring—. ¿No tendrían que parecer diferentes, al ser extranjeros?

—Por lo que sabemos, en la noble filosofía garamante, todos los hombres eran iguales.

—Marxismo clásico —dijo Len.

—¿También el Niño de Oro? —preguntó Waring.

—No deben confundir lo sagrado con lo mortal. El Niño era sagrado y debía ser enterrado aparte. Pero sigamos con nuestro mensaje:

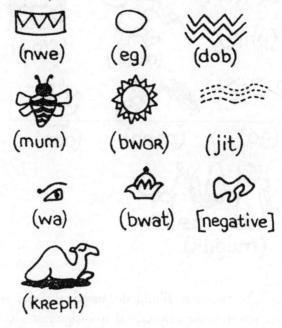

(nwe) (eg) (dob)

(mum) (bwor) (jit)

(wa) (bwat) [negative]

(kreph)

»*Nwe* representa los dientes, o un diente, significa las dos cosas; luego *eg,* «huevo».

—Qué coincidencia —comentó Len.[6]

—Estas congruencias se dan a menudo en el estudio de las lenguas. No tienen mayor importancia. *Dob,* el mar, una representación extraordinaria del mar para tratarse de un pueblo

6. En inglés, «huevo» se dice *egg,* casi igual que en garamante, de ahí el comentario de Len.

que nunca lo había visto y solo conocía el Gran Océano de oídas. *Mum*, el panal de miel; *bwor*, el pasado de «brillar», o sea, «brilló».

—¿Cómo se decía en presente?

—No existía el presente. Los garamantes no concebían el presente. Pensaban solo en el pasado y en el futuro. Por eso eran felices.

—Eso no me haría feliz —dijo Waring, pensando en Haggie. Luego el corazón le dio un vuelco. Eran casi las seis. La vería en media hora.

—El siguiente símbolo es *jit*, «arena», la arena del desierto, *wa bwat*, que antiguamente era solo una representación de la corona, pero puede interpretarse como el poder o la voluntad real... Luego el típico jeroglífico para «descanso»: *kreph*, un camello tumbado, ya lo ven, a la sombra.

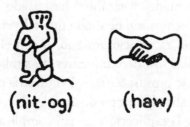

(nit-og)   (haw)

—¿Qué está haciendo el hombre que hay al lado? —preguntó Len—. Parece que esté cavando una tumba.

—Amigo mío, sus ideas son demasiado sensacionalistas —replicó el profesor—. Está labrando el suelo. Es el jeroglífico *nit-og*, «cavar» o «labrar».

—Y luego tenemos un apretón de manos.

—Desde luego, el símbolo del acuerdo, *haw*. Al final de un mensaje como este, significaría «Está conseguido» o «Está hecho». Debajo hay un sello, impreso en el barro, que se aceptó durante más de cincuenta años como la marca de la autoridad de sir William, y fue respetado en toda África y Oriente Medio.

—WA RO PHOT IK POO DUMP LIB SOG HAK KUT PHRU WA SKWA WA LIB DMIN PHRU OBEK WAQ GO BEPH DOT MOGUK NWE EG DOB MUM BWOR JIT WA BWAT [signo de negación] KREPH NIT-OG HAW. Eso he apuntado —dijo Waring—, y luego el sello de sir William. Pero ¿cómo se traduciría?

—Es lo que me estaba preguntando. Los ideogramas están clarísimos, pero confieso que estoy perplejo. ¡Colocados en este orden no significan nada de nada! Desde hace muchos años he pensado que si pudiese retroceder en el tiempo, hasta el siglo v antes del nacimiento de Cristo, y me encontrase con un garamante, digamos en un foro o un mercado, podría conversar con él en su lengua de murciélago. No habría barreras. Ahora empiezo a perder la fe en mi sueño.

—¿No será que hay que leerlo de derecha a izquierda?

—No conozco un solo caso que sea así. Pero, de todas formas, lo he intentado, y también he tratado de reorganizar los símbolos. Incluso me he dicho que tal vez sir William se confundiera con el egipcio antiguo, o con el chino, donde muchos símbolos son determinantes. El símbolo de la jarra, en ese caso, no se pronunciaría, solo indicaría que la siguiente palabra significaba algún tipo de líquido.

—Dudo que la explicación sea tan complicada —dijo Waring—. Sir William debió de hacerlo a toda prisa, y no creo que supiera chino.

—Una sugerencia —dijo Len—: ¿no podría ser que no quisiera que nos preocupásemos por los símbolos, sino solo por sus transcripciones? WA RO PHOT y demás... Podría ser una cifra, tal y como está. WA, por ejemplo, aparece varias veces, y podría representar a una sola letra..., así el mensaje sería muy corto.

—¿Solo las transcripciones? —se quejó el profesor—. ¿Y qué pasa entonces con mis ideogramas? ¿Qué será de mis significantes?

Parecía muy disgustado, y tanto Len como Waring, conmovidos por el pesar del erudito, se sintieron obligados a dejar la tablilla a un lado y consolarlo. Waring, no obstante, estaba preocupado por la hora; había quedado con Haggie a las seis y media, y eso era de crucial importancia. Dejó a Untermensch desconsolado sobre la caja de madera, acurrucado con la tablilla indescifrable todavía en la mano.

Waring andaba deprisa, pero pronto oyó las estruendosas pisadas de Len a su espalda.

—Oye, menos mal que te he pillado, hay otra cosa que quería pedirte. Necesito que me acompañes a un sitio. Bueno, quiero que vengas conmigo a ver a Dousha.

—¡A Dousha! —exclamó Waring—. ¿Para qué? De todas formas, no tengo ni idea de dónde está.

—Está en el hospital.

—Lo siento. ¿Qué le pasa?

—Se la han llevado al hospital maternal de Bedford. Creen que le pasa algo al bebé. Tiene que dar a luz dentro de tres meses. El 10 de mayo, según mis cálculos.

Waring se detuvo en mitad de Bedford Square.

—Len, ¿me estás diciendo que el bebé de Dousha es tuyo?

—¿Por qué no?

—Cuesta hacerse a la idea. ¿Quieres a Dousha?

—Podría decirse así.

—¿Y la has querido todo este tiempo que lleváis los dos en el Museo? No es tu tipo. No tiene conciencia social. Es una mujer tranquila, poco exigente, rolliza, encantadora y descerebrada.

—Lo sé. Por eso me gusta.

—Bueno —dijo Waring—. Pues enhorabuena.

—Soy afortunado. No desde un punto de vista medioambiental ni socioeconómico, sino desde un punto de vista sexual. Sé que somos muy distintos, pero el igualitarismo no significa que todas las parejas tengan que ser parecidas. Esa es otra ilusión burguesa.

—También lo son los celos, según tengo entendido. ¿Por eso me miraste así cuando llevé a Dousha a cenar el jueves pasado?

Len dudó.

—Reconozco que no me hizo mucha gracia que salieras con ella. Fue solo una reacción individual. Ya se me ha pasado.

—Bueno, claro que iré contigo al hospital. En cualquier otro momento. Ahora no puedo, he quedado con Haggie. Y además, en una visita así, con Dousha enferma, no querrás tenerme a mí por medio.

—Sí que quiero —replicó Len—, o no te lo habría pedido. La verdad es que me falta valor para ir a preguntar yo solo. Me da miedo que hayamos perdido al bebé. —Waring nunca había visto a Len así. Cuando lo del arpón pareció lamentarlo de verdad, y también pareció lamentar lo de sir William, pero no tanto como esto—. Me vendría bien que vinieras conmigo —repitió Len. Y luego añadió—: Me he sentido un poco mal…, dolido, en realidad, cuando me has dicho que pensabas que había intentado matarte.

Waring reconoció la fuerza del chantaje moral. ¿Es que nunca iba a poder elegir lo que hacía con su propia vida? Es más, ¿cuándo era la última vez que lo había hecho?

Entró en la sucia cabina telefónica con la sensación de estar condenado a repetir siempre el mismo destino. Haggie respondió entusiasmada. No le convencía mucho su pelo e iba con un poco de retraso, pues había decidido hacerse una falda nueva en el último momento. Cuando Waring le dijo que, si era así, podían verse, digamos, una hora más tarde, ella le preguntó si iba a ir antes a algún sitio, y, cuando él respondió que sí, le preguntó si tenía algo que ver con Dousha.

¿Por qué no habría aprendido a mentirle a Haggie, aunque fuesen mentiras inocentes y cotidianas? Era incapaz, no sabía cómo. Cuando le dijo lo del hospital solo consiguió empeorar las cosas. Fue una de las peores conversaciones que habían tenido nunca.

—Pues nada, Coker, me has destrozado la vida —dijo al salir de la cabina. Había metido una moneda de 10 peniques, pero no los había gastado. Len estaba sentado en un banco, esperando debajo de los árboles sin hojas.

—¿Nos vamos?

—Qué remedio. Después tengo que volver a casa lo antes posible. Es crucial. —Echaron a andar hacia la parada del autobús—. ¿Eres humano, Coker, o un diablo? ¿Por qué haces lo que haces? ¿Por qué plantaste el cannabis? ¡No me digas que era para Dousha!

—¡Ah, eso! Ya te dije que era una vergüenza, que era un crimen, de hecho, que no se permitiera al personal investigar las muestras que vinieron con el Niño de Oro, los objetos funerarios, los restos de posos del vino, las trazas en el Cuenco de Leche, las semillas y demás. Se estaban pasando por alto oportunidades. Qué menos que coger unas semillas del paquete y probar suerte.

—¿Cómo las conseguiste?

—Se encargó Jones. Sir William también pensaba que debían poder utilizarse en experimentos, y al pobre Jones le bastó con eso.

—¿Y las plantaste?

—Sí, cogí prestadas unas macetas de Arte Funerario. Tengo un amigo que estudia Agricultura Tropical en University College y me echó una mano. Germinó las semillas en el laboratorio. Resultaron ser de *Cannabis indica*.

—Le dijiste a la policía que las habías plantado tú. ¿Por qué no les contaste de dónde procedían?

—¡No era asunto suyo!

Len siguió un rato el curso de sus pensamientos y exclamó:

—El caso es que las semillas de cannabis me hicieron darme cuenta de que toda la Exposición no era más que un montaje. Va contra mis principios engañar al Pueblo. Pero tampoco me gusta decepcionarlo. Pensé que era mejor guardar silencio.

—¿Hiciste algún otro experimento? ¿Qué me dices de las heces de la copa, el vino real sagrado de más de dos mil años de antigüedad?

—Sí, lo comprobé también. Rehidraté una pequeña muestra.

El autobús estaba doblando la esquina.

—¿Y qué era?

—¡Pepsi-cola!

Llegaron al hospital y subieron por un pasillo inclinado con huecos y armarios a los lados. Al girar hacia el ala de Maternidad se encontraron rodeados de pronto de camas llenas de mujeres que esperaban visitas, sentadas con camisones de flores, que primero los miraron esperanzadas y luego, cuando pasaron de largo, con gesto acusador. Vieron a Dousha al final de la sala, sonriéndoles entre un montón de almohadas. Tenía buenas noticias: se encontraba mejor, el bebé no sería prematuro y estaba a salvo. Len soltó un profundo suspiro, como si no tuviese otro motivo por el que vivir.

—El médico me ha dicho que no me preocupe ni pizca —añadió.

—Espero que no te haya hablado como a un ciudadano de segunda —dijo Len, con un destello de su viejo espíritu.

Dousha se volvió hacia Waring.

—Cuando me enteré de lo de sir William enseguida pensé en usted. Debió de ser muy duro volver y descubrir que había muerto.

La descerebrada Dousha era compasiva. Por un momento, Waring no pudo sino pensar que le habría gustado que Haggie le hubiese dicho algo así.

—Nos ha dejado algo de dinero, ¿sabe?, un poquito —prosiguió—. A usted, a mí y al pobre Jones. La mayoría, claro, se la ha dejado a sir John para comprar cosas para el Museo, pero nosotros aparecemos en la última parte del testamento. Yo misma lo pasé a máquina, hace muchos años ya.

Waring cayó en que nunca había visto a Dousha escribir a máquina.

Llegaron los residentes sacudiendo sus termómetros. De todos modos él no hacía falta allí. Dejó a Dousha y a Len para que hablasen tranquilos.

De vuelta a Clapham, intentó no pensar en nada. Apartó de sus pensamientos, de momento, el testamento de sir William, como se hace cuando el dinero y el afecto no congenian. Las especulaciones sobre su nuevo trabajo —al fin y al cabo era un ascenso— podían esperar hasta saber si tenía con quién hablarlo.

No había luz en el montante de cristal tintado sobre la puerta principal de su casa. Haggie, por supuesto, se había ido. En esta ocasión no había ninguna nota, ni siquiera de la Whitstable and Protective Building Society.

WA RO PHOT IK POO DUMP. El grifo goteaba. Otras personas, en otras casas, escuchaban la radio. Estaba solo.

6

A la mañana siguiente Len, que siempre se levantaba temprano, y a quien las costumbres ajenas le traían sin cuidado, lo llamó por teléfono poco antes de las ocho.

—Hola —dijo Waring—. ¿Qué tal la familia?

—Bien. Dousha está bien. William está bien.

—¿William? ¿Y si es niña?

—Wilhelmina. —Len no preguntó por Haggie, de hecho rara vez mostraba interés por nada que no ocupara un lugar primordial en su pensamiento—. ¿Cómo vas con el WA RO PHOT IK POO DUMP? —quiso saber.

—No voy. Le he dado muchas vueltas, pero no sé ni por dónde empezar.

—He cambiado de idea respecto a que PHRU represente una sola vocal, una «i», por ejemplo. No se me ocurre nada para los otros grupos, tenemos que abordarlo de otra manera.

—Los desempleados tenéis tiempo para dedicaros a cosas así. Yo tengo que ir al Museo. Tengo que ver a la señorita Rank, que me da pavor, por lo de mi supuesto nuevo trabajo.

Len se quedó pensando.

—O sea que te vas a pasar otro día de tu vida como un engranaje en la máquina. Bueno, ya nos veremos. Sí, yo le echaré otro vistazo a la cifra. De hecho, es probable que te vea más tarde en el Museo.

Eso sorprendió a Waring.

—No vayas, Len. Asumámoslo: te han despedido. Podrían echarte a la fuerza. Los futuros padres tienen que velar por sí mismos.

—Todavía hay una o dos cosas allí que me interesan. Querría echarles un vistazo. Sí, hoy me pasaré por el Museo.

La señorita Rank estaba esperando con el gesto impaciente de estar suspendida entre dos existencias típico de quienes están a punto de cogerse tres semanas de permiso. Su máquina de escribir estaba tapada, le había enviado sus plantas a una amiga, una secretaria de su mismo rango, para que se las regara, y llevaba un traje pantalón verde de poliéster, con la montura de las gafas a juego. A Waring le pareció más intimidante que nunca. Sin embargo, se percibía un poco, solo un poco, no de nerviosismo, pero sí de la conciencia de haber estado nerviosa hace poco, como el eco del ruido de algo arrojado al agua mucho después de que las ondas se cierren sobre él.

La señorita Rank se dispuso a explicarle la situación. Según tenía entendido, Waring ya sabía que ella iba a estar fuera tres semanas, durante las cuales él sería el ayudante personal del Director, nivel AP4.

—¿Qué se supone que tengo que hacer? —preguntó Waring—. ¿Qué hago con lo que haya que mecanografiar?

—No pensará que iba a marcharme sin dejar eso arreglado. Toda su correspondencia irá directamente a las mecanógrafas. Ellas subirán a recogerla dos veces al día.

—¿Y sus citas?

—Su agenda del mes que viene está lista, y muy llena. A pesar del dolor que le ha causado la muerte de sir William, va a seguir con el programa tal y como estaba planeado, confío en que no crea necesario cambiar ninguna de mis disposiciones.

—Entiendo. Bueno, ¿le acompaño a sus reuniones y demás?

—No creo que haga falta. Sir John tiene que asistir a varias reuniones de alto nivel: algunas de ellas sobre la Exposición, es posible que la lleven a Washington y a Nueva York y que él tenga que pasar unos días en Estados Unidos; y otras sobre el futuro del Museo. Tal vez se lleve a uno de los Conservadores, al Director de Recursos Humanos, posiblemente, para darle instrucciones. No será necesario que asista usted.

Estaba claro que Waring no iba a tener nada que hacer. Se sintió tentado de preguntar si podía llevarse algo para tejer, pero no se atrevió. La señorita Rank prosiguió:

—Obviamente, su principal obligación es presentar el informe de su visita a la URSS. El Director volará desde Zúrich a las 15:12. Habrá un coche esperándole y vendrá directo al Museo. El horario de apertura ampliado continúa hoy y tanto él como Seguridad se quedarán hasta las 18:30 para hacerse una idea de cómo ha ido hasta ahora, así que se le verá a usted a las 16:30 en este despacho. Entiendo que su informe es confidencial. Le aconsejo que lo mecanografíe a doble espacio, para poder anotar los comentarios del Director y luego pasar a máquina la copia corregida para entregársela.

Waring se quedó consternado al oír esta última observación. Su informe no estaba escrito, de hecho solo tenía unas notas muy generales, en algunas de las cuales había apuntado posibles soluciones para WA RO PHOT IK POO DUMP al dorso. Además, se las había dejado en casa, porque no había creído que pudiera necesitarlas ese día. De todos modos, aún tenía tiempo para hacer algo antes de las 16:30.

Observó los ordenados estantes con los libros de referencia, los armarios cerrados y los discretos archivadores que había a su alrededor.

—Desde luego no voy a tener que limpiar ni ordenar mucho —dijo.

Pensó con nostalgia en su antiguo despacho y sus mesas improvisadas en las que podían ponerse en precario equilibrio las tazas de té. Su observación era absurda. Por supuesto que la antesala al despacho del Director estaba ordenada. Pero, para su sorpresa, la voz de la señorita Rank se volvió muy seca.

—¿Qué quiere decir con eso?

—No quiero decir gran cosa. Nada en realidad —dijo Waring, conciliador—. Solo que es evidente que aquí es imposible extraviar nada; su sistema funciona a la perfección. No creo que haya nada que no pueda usted encontrar en el acto. Ni que jamás haya tenido que preguntar: «¿Dónde está?».

La señorita Rank dudó un momento. Estaba claro que era una persona totalmente sincera.

—No es imposible que yo pierda algo —comentó por fin—, pero sí muy raro.

Waring se sintió vagamente animado. Aprovechó esa admisión momentánea de su falibilidad humana para desearle a la señorita Rank que disfrutase de las tres semanas de permiso.

—¿Dónde va a ir? —preguntó.

El rostro hábilmente maquillado de la señorita Rank adquirió una extraña expresión infantil: su expresión vacacional.

—¡Oh, a Rusia! Febrero no es exactamente el momento que mi amiga y yo habríamos escogido para ir de vacaciones, y hasta el jueves pasado no me propusieron cogerme unos días, pero como al Director le venía bien, acepté, claro, y luego se me ocurrió, cuando estaba comprando sus billetes, en realidad: ¿por qué no ir a Rusia? Era muy tarde para reservar, pero lo conseguimos, y estamos encantadas… ¡A las dos nos gusta mucho el ballet!

—¿Van a ir con Suntreader? —preguntó Waring.

—Hemos contratado su Quincena de Lujo, sí.

—Bueno, si no le importa que le dé un consejo, yo reservaría las butacas cuanto antes. De lo contrario, puede que tengan que ir al circo.

—¡El circo! ¡Pero si eso es para niños pequeños!

—Eso creía yo —dijo Waring.

Cuando la señorita Rank —que, pese a ser una mujer joven, usaba los mismos zapatos de tacón que la madre de Haggie— se alejó taconeando por el pasillo y se la dejó de oír, Waring se sintió desamparado. El enorme despacho que daba a la plaza elegante y sin hojas era tan opresivo, sin su eficiencia tediosa pero tranquilizadora, como un panteón real. Waring estuvo deambulando por él. El despacho del Director estaba cerrado con llave. Casi todo estaba cerrado. Solo una oscura impresión de lo que había que hacer el primer día de trabajo lo retuvo allí.

Se sentó en la silla de la señorita Rank. El informe, claro. Más valía escribirlo, pero para eso necesitaría —puesto que tenía todo el día—, una cantidad considerable de papel. Los cajoncitos a la izquierda del escritorio de la secretaria se le resistieron. El de abajo a la derecha se abrió y, sí, estaba lleno de papel. Había una resma de folios en blanco de la mejor calidad. Reacio a empezar el informe, lo demoró y fue pasándolos uno por uno, incluso la hoja de papel de estraza de abajo, que forraba el cajón. Luego se detuvo perplejo. Vio un brillo dorado.

No eran monedas, ni joyas, sino un libro del tamaño de una postal con el título: «Pan de oro para encuadernadores.

24 páginas. 0'00008 cm. Propiedad del Gobierno de Su Majestad.» El brillo del borde era lo que había llamado la atención de Waring. ¿Qué hacía eso al fondo de una resma de papel timbrado del Museo, en el cajón de abajo, a la derecha, del escritorio de la señorita Rank?

Fuese cual fuese su procedencia, era propiedad del Museo, y no tenía por qué estar ahí. Quizá la señorita Rank hubiese cedido…, de hecho parecía haber cedido, a la debilidad universal por ese elemento que en la Edad Media sabían que no se oxidaría ni perdería su brillo porque estaba compuesto de una mezcla equilibrada de todos los elementos. La señorita Rank no había podido resistirse al brillo del oro. Waring pasó las páginas del libro; el inconcebiblemente fino pan de oro tenía detrás un cuadrado de papel adhesivo. Todas las páginas estaban numeradas. El pan de oro iluminado por la luz de primera hora de la mañana, que caía en ángulos diferentes sobre su brillo y su oscuridad, era fascinante. Cedió a un impulso y sopló despacio sobre una de las superficies parecidas a un espejo. En el acto el pan de oro se encogió y se arrugó como si estuviese vivo.

Pero faltaban las páginas 12 y 13. Waring lo comprobó una y otra vez. No estaban.

Cuanto menos dijese sobre el asunto, mejor. Lo más apropiado sería llevarlo a Técnicas y Conservación, donde debía estar, la primera vez que fuese al sótano.

Waring se lo guardó con cuidado en el bolsillo. En honor a su primer día como ayudante personal del Director, se había puesto el traje azul que reservaba para las entrevistas y ocasiones especiales. Notaba el grosor del librillo a través del fino tejido.

En ese momento sonó el teléfono. Sorprendido por tener que hacer algo tan práctico, Waring respondió.

—Soy el inspector Mace de la Policía Metropolitana. Supongo que sabrá que estamos llevando a cabo una investigación en el Museo sobre las circunstancias de la muerte de sir William Simpkin. Ya casi hemos terminado y vamos a cerrar nuestro centro de operaciones, pero antes nos gustaría aprovechar la ocasión para hablar con usted. ¿Podría pasarse por la sala 617, señor? Nos sería de gran ayuda.

Era cierto que los dos policías estaban a punto de cerrar, y no precisamente a regañadientes, su centro de operaciones. La investigación había llegado, desde el punto de vista práctico, a un punto muerto. Los médicos solo podían confirmar que, en su opinión, sir William Simpkin había muerto entre las ocho y las once en punto de la noche del viernes, y que la causa inmediata del ataque cardíaco había sido, con toda probabilidad, la impresión por el impacto de los estantes. Era casi imposible que se hubiesen cerrado después de muerto. En ese caso habría estado tendido ya en el suelo, y cualquiera que hubiese entrado en la Biblioteca, tanto con buenas como con malas intenciones, no habría podido hacer otra cosa que informar de su muerte. No, alguien lo había atrapado allí a propósito con la esperanza de que pareciera un accidente. Por supuesto, eso podría no haberlo matado, pero debieron de pensar que valía la pena intentarlo.

Una delicada insinuación del inspector a sus superiores se había vuelto a topar con la advertencia de que, aunque podía seguir interrogando al personal, no debía decirse o hacerse demasiado sobre las circunstancias que rodeaban a la Exposición misma.

Los testigos, si es que podían llamarse así, continuaron repitiendo, cada vez con más énfasis, que no sabían nada. Hawthorne-Mannering insistió, como antes, en que no recordaba ni el momento ni el lugar. El sargento Liddell era de la opinión de que el susodicho tomaba estimulantes; una o dos gotitas, para animarse. Era imposible sacarle nada que tuviese ningún sentido. Pero la verdad es que era difícil aclararse incluso con el caso bastante sencillo de Jones. El Delegado de Seguridad, que había colaborado en todo lo posible, no recordaba haber oído jamás el nombre de pila de Jones. Habían tenido que consultar los registros de la Institución para averiguar que se llamaba Jones Jones. Su casera en Willesden no parecía saber nada de él. No tenía pasaporte, y los documentos que llevaba encima eran recortes de prensa sobre sir William y la Maldición del Niño de Oro y tres entradas para el fútbol. Por ahí no habían podido averiguar nada. Luego estaba lo que los dos policías consideraban el factor desaparición: permisos por enfermedad, despidos, viajes al extranjero… Sin duda una gran proporción entre los posibles testigos. El inspector le había dicho al sargento Liddell que averiguara el paradero de Len Coker e intentase hablar con Dousha. En eso Liddell había tenido bastante más éxito y tendría un informe respetable que hacer cuando volviese el inspector.

Cuando volviese, porque el inspector había ido a pasar el día en París. El sargento no era celoso, pero reconocía para sus adentros que habría preferido mil veces hacer esa visita que pasar otro día en compañía del armario con las reservas de azúcar del Museo. Mace, por supuesto, había viajado por motivos profesionales. Había ido a hacer más averiguaciones de los actos y el comportamiento de Rochegrosse-Bergson.

Volvió decepcionado. El inspector Mace no tenía esa mezquindad que empuja a los que vuelven del extranjero a insinuar a los que se han quedado que se han perdido algo. Mace, de hecho, afirmó que se alegraba de volver a estar en la anticuada penumbra del centro de operaciones. París había sido un chasco.

Sin duda, no es un descrédito para el inspector que contara con disfrutar de una comida decente con su contacto en la

Sûreté, algo con un poco de ajo, mucha mantequilla y demás; pero se llevó la decepción de que París y todos los alrededores estaban atenazados por una huelga que había hecho cerrar todos los bares, restaurantes y lugares de diversión. La policía también estaba supuestamente en huelga, pero su conocido lo había recibido como una cuestión de honor y principios y lo había llevado lentamente a París, entre el tráfico sin guardias hasta el Quai des Orfèvres. Allí el inspector había escuchado una historia frustrante. No cabía duda de que Rochegrosse-Bergson, bajo otro nombre, había organizado la retirada y venta de cuadros y objetos valiosos del museo de Poubelle-sur-Loire. No cabía duda de que Poubelle había tenido que cerrar su reducido museo cuando se descubrió, después de la partida del Conservador, que apenas había nada que exhibir. Si sir William había querido insinuar en la conferencia de prensa del jueves que conocía esas actividades y estaba pensando en desvelarlas, no podían demostrarlo. El único hecho probado era que, cuando sir William aludió a su cambio de nombre, Rochegrosse-Bergson pareció al principio enfadado y luego asustado.

Pero, fuese lo que fuese lo que hubiese pensado hacer el melifluo antiestructuralista a su regreso a París, había cambiado de opinión al llegar. A través de sus editores, Editions Verjus, había publicado un comunicado para quienquiera que estuviese interesado por sus andanzas. Lejos de negar su implicación en la desaparición del Rembrandt, se enorgullecía de ella, y había decidido publicar un libro de recuerdos, *Sous-Mémoires*, en el que explicaría sus métodos para sustraer tesoros artísticos y el beneficio espiritual que había obtenido a través de su contacto con ladrones, proxenetas y chantajistas. En la actualidad, aunque siguiese viviendo en su lujoso piso de la rue Baron de Charlus, se veía a sí mismo como un miembro de la Otra Sociedad. La persecución a la que lo había sometido la policía británica, que pretendía acusarle del asesinato de un anciano que evidentemente había muerto por causas naturales, no era más que un síntoma del pánico de la sociedad ante la nueva raza de filósofos criminales que ahora habitaba entre ellos.

El amigo del inspector Mace en la Sûreté consideraba muy probable que Rochegrosse-Bergson, antes de su nueva transformación en filósofo-criminal, que databa solo de una semana, hubiese intentado precipitar la muerte del molesto sir William. Era posible que hubiera contado con la ayuda de un cómplice. La propia policía francesa se alegraría de verlo entre rejas. Aunque no sería fácil conseguir pruebas. Había que ser muy inteligente para producir un disparate como la antropología antiestructuralista.

—Lo bastante inteligente para aprovechar una buena ocasión —le dijo el inspector a su sargento—. Es otra cosa que consta en los archivos de la Sûreté: Hopeforth-Best se está diversificando hacia el negocio del cannabis, tienen miles de hectáreas plantadas en Garamantia, en una de las orillas del Valle Fértil, millones de cajetillas preparadas por si las leyes antidrogas cambian de la noche a la mañana; lo único que necesitan es un agente de primera para negociar con el Mercado Común.

—¿Rochegrosse-Bergson?

—¿Quién si no? —El inspector dejó una cajetilla de colores chillones sobre la mesa—. Me la dieron en París. Es el diseño provisional para el envoltorio.

El sargento lo alisó con la mano plana. Delante del nombre de la marca estaba escrito con letras doradas: SUEÑOS ESPERANZADOS. Debajo había una imagen del Niño de Oro haciendo anillos de humo y esbozando una extraña sonrisa.

—Me parece de muy mal gusto, señor —dijo el sargento.

El inspector Mace suspiró. Había tenido que volver a Londres después de una frugal comida de la máquina expendedora. No había conseguido nada. Peor aún, había agotado el «crédito» que existe siempre, lo reconozcan o no, entre colegas de la profesión. Ahora sería él quien tendría que hacer algo por la Sûreté, y no había avanzado nada.

Hacía tiempo que los dos policías habían decidido que el Delegado de Seguridad era la única persona a quien podían recurrir con alguna esperanza de tener una conversación razonable. Si él fuese Director, les dijo, cancelaría todas las exposiciones especiales y despediría a la mitad del personal (a los que no fueran miembros del sindicato). Los que quedaran, señaló, tendrían trabajo de sobra. Para empezar, había que renovar toda la instalación eléctrica y la fontanería del edificio.

—No se imaginan lo anticuadas que están. Es un laberinto de tuberías. Fíjense en un ejemplo. Han estado ustedes investigando los suministros de agua y electricidad en la zona de la Biblioteca, trabajo de rutina necesario, claro, y el resultado es que, desde ayer, no hay agua en el restaurante público temporal.

—Lamento que hayamos causado algún daño —replicó Mace—. Por supuesto, anótelo, y nos ocuparemos de que lo reparen.

—No pasa nada. He mandado instalar un tanque de agua en el patio, y he recomendado al Director que doble el precio del té para reducir el consumo de agua. Pero sir John no está muy interesado por estos problemas cotidianos. No sé si se habrán dado ustedes cuenta.

Solo parecían toparse con contratiempos y frustración. Y tampoco esperaban mucho de la conversación con Waring Smith.

—Haré lo que pueda —dijo Waring—, pero todo se me escapa. Me pone furioso. Por pura humanidad, ¿quién podría dejarlo colgado entre dos estantes de acero?

—¿Está usted familiarizado con la Biblioteca, señor?

—No la utilizaba mucho, porque hasta ahora mi rango era demasiado bajo para que me dieran una llave. Pero no creo que sea posible atrapar a alguien entre los estantes sin darse cuenta.

—¿Y con la biblioteca del Director?

—Oh, esa es privada. Ahí no entra nadie más que sir John y la señorita Rank.

—¿Quién se encarga de quitar el polvo?

—No tengo ni idea, tal vez la señorita Rank.

—Que resulta que está de permiso. Pero tengo entendido que acaban de nombrarle a usted ayudante personal de sir John.

—Bueno…, sí.

—En ese caso, señor, tal vez pueda decirnos algo sobre el contenido de esa biblioteca privada de sir John. Por ejemplo, ¿se guardaban en ella informes confidenciales o informes sobre el personal?

—No tengo ni idea —dijo Waring—, pero yo diría que se guardaban en el Registro.

—¿Y documentos de interés más general, posiblemente secretos?

—Creo que había documentos secretos relativos a la Exposición —comentó con cautela Waring—. Me consta que había algunos, por ejemplo, en el despacho de sir William.

—Es posible —replicó el inspector con un toque de amargura—, pero muchos de los papeles de sir William se sellaron por orden del Director nada más informar de la muerte, y tengo entendido que se devolvieron al Ministerio de Exteriores. No nos dieron la oportunidad de verlos.

Waring creyó más conveniente no hacer comentarios. Los detalles de la economía garamante, el préstamo ruso, los celos internacionales por la Exposición y el generoso patronazgo de la Compañía de Tabaco Hopeforth-Best seguían muy claros en su memoria. Pero no debería conocerlos, y no sabía decir si el inspector los conocía o no.

—De modo que, en realidad, no puede usted aclararme nada sobre el contenido de la biblioteca del Director —prosiguió Mace—. ¿Sabía que la ventana estaba rota?

—¿Ah, sí? Si la rompió sir John, seguro que dio aviso enseguida para que la reparasen.

—La habían roto desde fuera. Descubrimos que habían quitado un cuadrado de cristal, más o menos en el centro. Sabe cómo se hace, ¿no?

Waring no tenía ni idea.

El inspector no se lo explicó, sino que continuó:

—Por supuesto, ese intento de allanamiento, si es eso lo que fue, podría tener muchas explicaciones. ¿Diría usted por ejemplo que alguien del edificio le guardaba rencor a sir John Allison?

—¿Rencor? Bueno, ¿hasta qué punto? Supongo que no es posible que nadie llegue a un puesto como ese sin causar cierto resentimiento. Todo el mundo sabe que sir John ha tenido desacuerdos con los Conservadores más ancianos de los Departamentos. No creo que decirlo sea desleal. Es de dominio público.

—¿Cuáles en concreto, señor?

—Había diferencias de opinión respecto a cómo debía gastarse el generoso legado de sir William. Sir John es una autoridad mundial en arte francés del siglo XVII, pero como es natural todo el mundo quiere que se haga alguna asignación a su propio departamento. Por ejemplo, creo que hay varios miles de alfombras persas en el sótano que nadie ha tenido tiempo de catalogar, pero Tejidos y Textiles dice que no puede tener la cabeza alta en los congresos internacionales si no aumenta su asignación. Y a Cerámica sin Esmaltar le ocurre lo mismo.

—¿Cree usted que alguna de esas personas sería capaz de romper una ventana, o de hacer algo por el estilo, solo para irritar al Director?

Hacía mucho tiempo que Waring no se reía, pero ahora le entraron ganas.

—Los dos son demasiado viejos para esas cosas.

Imaginó a los dos decrépitos Conservadores ayudándose el uno al otro, con manos temblorosas, subidos en una pila de valiosas alfombras e intentando romper la ventana con un tiesto.

—Bueno, volvamos entonces a la muerte de sir William la noche del viernes pasado. Hay un pequeño detalle con el que tal vez pueda usted ayudarnos. Todo ese asunto de su afición al tabaco, de que se negaba a ir a la Biblioteca, de las precauciones contra el fuego y demás... Digamos que ha surgido más de una vez en nuestra investigación. En fin, no sé si sabe que encontramos la pipa de sir William en el bolsillo de su chaqueta, partida en dos.

—No, no lo sabía —dijo con voz triste Waring—. La verdad es que no sé gran cosa. Supongo que se le debió de caer y se le rompió.

—Es posible, pero solo estaba llena de tabaco en parte, y la habían encendido. Si hubiese estado fumando cuando se le cayó, la pipa habría estado caliente y no es probable que se la hubiese guardado en el bolsillo. Y si estaba fría, no habría dejado el tabaco a medio fumar en la pipa, al menos si era de esos fumadores que se preocupan por el sabor de su pipa. Nos han dicho que usted conocía bien a sir William. ¿Diría que era de esas personas que cuidaban de sus pipas?

—Sí. Siempre tenía una que era la que fumaba. Creo que se la enviaba todos los años algún admirador. Quiero decir, tenía muchas pipas, pero nunca usaba dos a la vez, y le gustaba limpiar la que sí utilizaba y preocuparse por ella. Ya sabe, «Tierna es la indefensa criatura defendida».[7]

---

7. El verso está tomado del primer Canto de *Don Juan* (1819), de Lord Byron. Traducción de Andreu Jaume, 2024 (Barcelona, Penguin Clásicos).

—Pues no, señor, no lo sé. ¿Poesía, imagino?

—A él le gustaba citarla. Le gustaban la poesía, los juegos, los acertijos... Todos los juegos de palabras, en realidad.

El inspector suspiró.

—Sobre gustos no hay nada escrito. En fin, dejemos la pipa. Hay otra dificultad con la que no creo que pueda usted ayudarnos: se trata de la cuestión de las llaves. Sir William debió de entrar de algún modo en la Biblioteca, pero no encontramos sus llaves, ni en el cadáver ni en su despacho. Alguien tiene que habérselas llevado.

—Supongo —respondió despacio Waring— que debió de ser la misma persona que lo atrapó entre los estantes.

—Eso pensamos nosotros también, señor. Pero sería una tontería sin ningún sentido. Solo serviría para crear un misterio y llamar la atención. ¿No cree?

Waring no se sintió capacitado para responder.

—Y ahora una cuestión diferente. Sabemos, por supuesto, que estaba usted fuera del país cuando ocurrió la muerte de sir William. En la Unión Soviética, ¿es correcto?

—Sí, fui allí por unos asuntos del Museo.

—¿Viajó con un paquete turístico?

—Sí, supongo que debía de ser lo más barato. No soy una persona muy importante.

—Me alegra saber que el Museo procura economizar el dinero público —comentó el inspector—. Bueno, señor, lo que de verdad querría saber es su opinión personal sobre uno o dos de sus colegas. No hace falta que le diga que no tiene por qué contestar si no quiere.

—Por supuesto —dijo Waring. Pero sintió que la obligación se cerraba en torno a él de un modo en que no lo había hecho en la casa cerca de Haywards Heath.

—Veamos, el señor Marcus Hawthorne-Mannering. No trabajó usted directamente para él, pero, por algún motivo que no podemos fingir que haya quedado esclarecido, su departamento, el Departamento de Arte Funerario —el inspector consultó sus notas con momentánea incredulidad— era en cierto modo responsable de la Exposición, así que podemos dar por sentado que usted lo conocía bastante bien.

—Sí, bastante.

—¿Diría usted que el señor Hawthorne-Mannering es una persona violenta?

—Creo que la mayoría de la gente diría que es muy sensible, tal vez un poco cohibido.

—Pero ¿cree posible que en algunas ocasiones pudiera volverse violento? Tenemos anotada una observación que hizo cuando le interrogamos: «Odiaba a sir William». ¿Le sorprende?

—Supongo que la mayoría de la gente tiene capacidad de odiar.

—¿Se ha dado alguna ocasión en la que usted haya visto actuar de manera violenta al señor Hawthorne-Mannering?

Waring se quedó mirando fijamente el azucarero. Algo tendría que responder.

—No cara a cara —dijo.

Le alivió oír al inspector aclarándose la garganta, lo cual anunciaba, como la aparición de una nueva melodía en una sinfonía, un cambio de tema. Pero se inquietó cuando el tema resultó ser Len Coker. Tenían entendido que lo habían despedido del Museo, acusado de posesión de cannabis... Estaba relacionado con organizaciones de extrema izquierda...

—Lo sé —le interrumpió Waring—, pero ese no es el verdadero Len. Nadie lo reconocería por eso. Él hace cosas, esa es su ocupación, y solo finge destruirlas para divertirse. En cuanto a lo del cannabis, tiene una explicación.

—Tal vez pudiera usted dárnosla, señor.

—No, es mejor que se lo pregunte usted.

El inspector Mace tomó nota de que W. Smith y L. Coker parecían ser amigos, por lo que no podía esperarse mucha cooperación de ninguno de ellos sobre el otro. Probó de otra manera.

—La señorita Dousha Vartarian, la que fuera secretaria de sir William, también está de permiso. Está, según la información que obra en nuestro poder, embarazada de unos seis meses, y el padre del niño es el señor Len Coker.

Waring se sobresaltó.

—¿Quién le ha dicho eso?

—La señorita Vartarian.

—Pero ¿cuándo?

El inspector miró al sargento, que dijo:

—Fui al hospital ayer por la tarde, poco después de que se marchase el señor Coker, y pregunté si la señorita Vartarian estaba lo bastante bien para verla. Respondió que sí y le hice algunas preguntas.

—¿De qué nacionalidad diría usted que es? —preguntó el inspector—. ¿De origen ruso?

—Sus padres eran refugiados, pero no tengo ni idea de cuál es su nacionalidad —dijo Waring—. ¿Por qué no se lo preguntó? A ella no le habría importado decírselo. No le habría importado decirle nada. Es muy franca y sincera. No tiene prejuicios, tiene muy buen carácter y es demasiado perezosa hasta para girarse en la cama.

El inspector anotó algo —a Waring le habría gustado saber qué— y miró la lista.

—¿Conocía usted bien a Jones?, quiero decir a Jones Jones.

—¿Ese era su nombre de pila?

—Por lo visto sí, señor. Muy práctico.

—Pues no lo conocía mucho, solo sir William lo conocía bien. Daba la impresión de que, aunque creo que en principio trabajaba en el almacén, podía ir donde quisiera en cualquier momento. Se suponía, por ejemplo, que no estaba autorizado a entrar en la Biblioteca del Personal, pero entraba si quería. El inspector hizo otra anotación.

—No es que hayamos podido averiguar gran cosa de este hombre.

—Era como si formase parte del edificio. El Museo está raro sin él.

—Sí, señor. Bueno, pues eso es todo. Sin embargo, tal vez no le importe echarle un vistazo a esto.

El sargento le dio una carpeta de plástico que contenía la única prueba de la policía, un único ejemplar de los folletos amarillos con el encabezamiento: EL ORO ES INMUNDO.

—¿Había visto alguno de estos, señor?

Waring se sintió aliviado al oír esa pregunta tan sencilla.

—¡Oh, sí, los vi volando por el patio central el primer día de apertura al público! De hecho, sir William tenía uno.

—¿Cree usted que le disgustaron?

—Ni lo más mínimo. Le preocupaban las colas, pero esa es otra cuestión.

El inspector parecía reacio a guardar el folleto.

—Hay cierto trasfondo político, ¿no cree? «Quienes ven la Exposición están condenados, y para colmo pagan 50 peniques.» ¿No le parece una crítica directa al Museo, y por ende al Director?

—Supongo que sí, pero parece bastante infantil.

—¿Y puede usted arrojar alguna luz sobre quién pudo encargar que se imprimieran? —Waring negó con la cabeza.

El inspector suspiró. Luego le devolvió el folleto al sargento y dijo:

—Esta tarde vamos a cerrar nuestro centro de operaciones, señor Smith, pero estaré disponible en la comisaría de Bow Street. Aquí tiene mi número y mi extensión personal. También puede llamar a Jefatura en King's Cross. Si se le ocurre algo que crea que debo saber, si recuerda algún pequeño detalle, por poco importante que sea, no dude en llamarme. Reanudaremos nuestras pesquisas después de la instrucción, pero entretanto siempre estaremos disponibles.

Waring se puso en pie.

—Me temo que no les han dado una sala muy cómoda —le dijo al sargento Liddell al salir.

—Estamos acostumbrados —replicó el sargento—. En este trabajo se ven sitios muy raros.

Para reorganizar sus notas y el escaso material que tenía para redactar su informe, Waring tuvo que pasar por el desolado dúplex de Clapham y volver una vez más a Bloomsbury. Sin duda, podría haber escrito el informe en casa, pero eso le habría causado un desánimo que estaba decidido a evitar a toda costa. Una vez de vuelta, comprendió que no podía soportar la reclusión del despacho del Director, o más bien de la señorita Rank. ¿Por qué no intentar escribir el informe en la Biblioteca del Personal? Era consciente de que ese lugar le producía cierto espanto, y de que si se descuidaba le costaría mucho volver a poner un pie allí dentro. Y eso no podía ser.

Enterado de su nuevo estatus, el guarda que estaba de servicio dejó pasar a Waring, a quien conocía solo de vista.

—Por poco no ha coincidido usted con el señor Coker —añadió el hombre con aire sombrío.

—¿El señor Coker? ¿Qué hace aquí? ¿No se había ido?

—Solo estaba husmeando, señor Smith. Buscaba algo… El Director ha vuelto de Suiza, ¿sabe? Esperemos que no pille al señor Coker.

A Waring le dio la impresión de estar descubriendo, una hora tras otra, facetas desconocidas del Museo al que había dedicado su carrera. Conservadores que rompían ventanas, el Director que podía «pillar» a Len en la Biblioteca, ¿qué había sido de la antigua dignidad del Museo, de su serena confianza como depositario de la sabiduría del cerebro y la habilidad de las manos humanas? ¿Es que nunca recuperaría el consuelo de su paz y su orden?

El guarda siguió hablando con una profunda tristeza. El señor Coker, aunque lo hubiesen despedido, había querido echarle un vistazo a los estantes y medir la rotura de la ventana del Director. Aún no la habían arreglado, pero Mantenimiento iba a repararlo ahora que se había ido la policía. Waring pensó que la actitud y el tono de voz de aquel hombre se parecían mucho a los de Jones. Tal vez Jones fuese inmortal, o puede que en todos los museos o incluso en todas las organizaciones tuviese que haber alguien como Jones.

Se sentó a un escritorio ante una de las ventanas saledizas y se esforzó por no mirar los estantes. Lo siguiente era redactar sus notas, en bolígrafo y papel, y convencerse a sí mismo de que había hecho algo. Se sentía extrañamente reacio a empezar el informe; aun así, esa hora en silencio, robada de la jornada laboral, le dio la oportunidad de recapacitar sobre su posición. La expedición a Moscú, ver el verdadero Niño de Oro detrás de los muros del Kremlin, lo había expuesto a problemas enormes que era muy improbable que pudiera resolver, pero ahora estaba redactando el informe para sir John y así trasladaría la responsabilidad a alguien que los entendería y sabría cómo actuar.

Luego estaba la posibilidad de ser objeto de sospechas por parte del KGB, el MI5, o ambos. Esta reflexión no preocupó a Waring lo más mínimo. Si enviaban a alguien a seguirle, pronto descubrirían que no era ningún agente, que no sabía nada y que no podía averiguar nada; ni siquiera era capaz de encontrar a su mujer. Esa idea le causó un profundo dolor.

Una voz que lo consolara, aunque fuese solo unos minutos, le ayudaría. Por impulso, se levantó de su escritorio y telefoneó al hospital de Bedford. Tuvo suerte. Habían dado permiso a Dousha para levantarse y podría recibir su llamada en el pabellón.

—¿Qué tal está? ¡Qué sorpresa tan agradable! Sí, sí, estoy muy bien. Pero he tenido una visita inesperada. Tendría que habérmelo dicho.

—¿Haberle dicho qué? ¿Qué visita?

—La señora Smith.

—Pero ¡yo no conozco a ninguna señora Smith! —Waring hizo una pausa—. ¡No dirá usted Haggie!

—Sí, eso es, ha venido esta tarde. Cuando llegó no parecía que fuese a ser muy amable, pero al final todo fue bien. Hemos hablado de muchas cosas y nos hemos reído tanto que la enfermera nos ha pedido que bajásemos la voz.

—Pero ¿dónde está ahora? ¿No ha dejado una dirección?

A Dousha esta pregunta le pareció desconcertante. Haggie no había dejado ninguna dirección. Pero eso, en cierto modo, ya no tenía importancia. Ahora que Haggie sabía que Dousha era inocente y candorosa, el futuro estaba lleno de posibilidades. Una sensación física, como cuando se funden el hielo y el oro, le dijo que el peor de sus problemas había terminado.

Conteniendo la alegre turbación que le dificultaba concentrarse volvió a sentarse a escribir el informe. ¿Cómo debería empezarlo? Al fin y al cabo, sobre todo se trataba de dejar cosas fuera. El Director no querría saber nada de los Suntreaders. Por otro lado, si se limitaba a contar los últimos sucesos del viaje, ¿le creería? Se puso delante las postales; en Rusia solo podían comprarse en juegos, y él había escogido Moscú en invierno. Ese era el Arsenal. Esa la casa de Bolshaya Pirogovskaya donde había vivido Tolstói. Ese era el bloque donde, por desgracia, no vivía el profesor Semiónov. Esa era otra vista del Kremlin. Esa era la calle Dzerzhinsky, donde se suponía que estaba la Lubianka. Y, Dios, también había una foto de crudos colores del payaso Splitov. Waring las apartó todas y, por décima vez, leyó los carteles de la Biblioteca.

Si descubre un incendio dé la alarma cuanto antes y, si no puede salir de la Biblioteca, espere con calma a que se activen los extintores automáticos. No corra ningún riesgo personal, y bajo ningún concepto intente sacar los libros de los anaqueles. Actúe deprisa y no utilice el ascensor.

¿Cómo iba a pensar la persona paciente y sacrificada a quien iban dirigidas las instrucciones en sacar los libros o usar siquiera el ascensor si no podía abrir la puerta? Después de leer otro cartel que le instaba a trabajar deprisa a fin de ahorrar electricidad y combustible, Waring cogió sus notas ininteligibles y empezó a escribir desesperadamente.

Justo antes de las cuatro y media, con el informe —todavía sin pasar a máquina y en un estado lamentable— bajo el brazo, estaba en el pasillo que llevaba al despacho del Director, pasando por delante del panel de cristal verdoso que todo el personal conocía ahora como la ventana de Jones. Lo había precintado la policía para que nadie pudiera abrirlo e imaginar cómo debía de haber sido a ojos del pobre desdichado aquel precipicio, aquel acantilado sobre el abismo del patio interior, cuando se asomó y empezó su vertiginosa caída hacía solo unos días. En el patio, a lo lejos, se vislumbraba a los miembros de la paciente cola, rechazados uno a uno en la puerta de la cafetería, que, debido al problema del suministro de agua, tenía que cerrar todos los días justo a la hora en la que la gente quería tomar el té.

«Voy a dejar el trabajo en el Museo», pensó Waring. «No quiero ser el ayudante personal de nadie. Quiero ser Waring Smith, fiel al espíritu que bulle en mi interior. Me han ascendido porque tienen miedo de lo que sé, pero yo prefiero trabajar y ver los resultados. Iremos al campo, a un museo de provincias, si es posible. Compraremos una casa incluso más pequeña, renegociaremos la hipoteca, cultivaremos judías en el jardín y tendremos un bebé, un niño, apoyaremos al equipo de fútbol local e iremos a ver los partidos todos los sábados.»

Pero ¿le dejarían hacer eso? ¿Se lo permitiría el Museo? Y el Museo, soñoliento de día, insomne de noche, empezó a parecerle un lugar temible. Aparte de las dos muertes más recientes, ¡cuántas maneras de librarse de un ser humano había en esa miríada de salas! ¡Las vertiginosas escaleras, los trituradores de escayola en la sala de moldes, los venenos para la conservación, los gigantescos incineradores del sótano! Y la extraña naturaleza de la labor de un Museo, la conservación de los tesoros de los muertos para satisfacer la curiosidad de los vivos, lo llenó de temor al pasar por la ventana de Jones.

Se oían voces en el despacho del Director. Si estaba reunido, Waring haría mejor en no entrar, pero era raro que la meticulosa lista de citas de la señorita Rank se hubiese alterado tan pronto, y mucho más raro que las voces gritaran tanto. De hecho, era solo una voz, una voz profunda, de hombre, lo bastante tonante para tapar las otras.

Waring conocía la voz a la perfección. Totalmente confundido cruzó el territorio de la señorita Rank, llamó una vez a la puerta y entró. El Director estaba en su sitio de siempre, de espaldas a la luz, sentado ante su escritorio de palo rosa. Enfrente, en las sillas de los visitantes estaban Len Coker y el profesor Untermensch.

¿Cómo les habían dejado entrar? Sobre todo a Len, con su jersey y sus pantalones de combate, como si estuviese preparado para la Revolución del Pueblo, parecía fuera de lugar, y al mismo tiempo firme y decidido, como si no dudara de su derecho a estar ahí.

—¿Qué haces aquí, Len?

—Eso mismo querría saber yo —dijo el Director. Su mirada vidriosa estaba fija, como si fuese la única presencia civilizada presente en la sala, en el profesor Untermensch—. He intentado hacer extensiva la habitual cortesía del Museo al profesor como visitante experto. Su interés por nuestra Exposición cuando lo recibimos hace una semana me pareció muy gratificante. Ahora ya me gratifica menos.

El profesor no dijo nada.

—¿Por qué has venido, Len? —repitió Waring, sin comprender.

—Por ti —dijo Len.

—Pero ¿por qué?

—Porque tu vida corre peligro.

La pesadilla que había rodeado al Tesoro Dorado había llegado por fin al santuario del mismísimo Director. Waring comprendió al instante que lo que había dicho Len era cierto. Estaba en peligro, y tal vez lo había estado desde su vuelta de Rusia.

—Dice usted que la vida de mi recién nombrado ayudante personal corre peligro —dijo sir John con desagrado—. ¿Puedo preguntar qué o quién la amenaza?

—Usted, amigo mío —replicó Len.

La reacción de sir John fue curiosa. No hizo ademán de echar a Len, ni de marcharse, ni prestó la menor atención a Waring. Se quedó en la misma pose erguida, con la cabeza levemente ladeada, de modo que sus gafas parecían cristales vacíos. Waring notó que se le encogía el corazón. Sir John Allison, la lejana figura de autoridad y erudición indiscutible bajo cuyas órdenes se había enorgullecido de trabajar esos dos últimos años, se quedó allí sin decir nada y dejó que le llamaran «amigo», porque estaba alarmantemente claro que no podía impedirlo.

—Jones se cayó por la ventana —dijo Len—. Se cayó por la ventana que hay al lado de este despacho. Temíamos que Waring pudiera salir por el mismo sitio.

—Mi intención es seguir viviendo —dijo Waring en tono forzado.

—A no ser que alguien te empuje —dijo Len—. Tendría que ser eso. Eres demasiado joven para sufrir un ataque al corazón.

Waring lo miró a él y luego al Director, que seguía sin hacer nada por controlar a ese grosero visitante y se quedó detrás de su escritorio como una noble efigie de cera, sonriendo levemente. El profesor Untermensch parecía perdido en sus pensamientos. Su mirada vagó por el despacho hasta el crepúsculo invernal de fuera y por fin hasta una pequeña pantalla para proyectar diapositivas que estaba instalada entre las librerías.

—Eres demasiado joven para morir asfixiado —repitió Len—, como sir William.

—Sir William Simpkin murió de un ataque al corazón —dijo con calma el Director.

—¿Y qué lo causó? ¿Y dónde?

—Es probable que sepa usted que yo estaba en una cena en el Café Royal. De modo que difícilmente puedo darle mi opinión. Solo sé que cuando volví al Museo después de cenar no había nadie en el despacho de sir William. Supongo que debía de haber bajado ya a la Biblioteca.

—No a la Biblioteca del Personal. ¿Por qué iba a ir allí? Fue a su biblioteca, a su biblioteca personal. Usted lo pensó, usted se lo sugirió, usted le dio permiso para fumar… Era la única persona con autoridad suficiente. «Vamos, amigo mío, fume si quiere.» Eso no habría tenido importancia en la Biblioteca grande. En la suya sí; los sensores eran sensibles a la menor traza de humo de tabaco. Aun así, no habría tenido importancia para usted o para mí. Podríamos haber contenido el aliento y

195

salido antes de respirar el fatídico 7% de dióxido de carbono. Pero sir William era muy anciano. De inmediato tendría dolor de cabeza y confusión, su sistema nervioso central se deprimiría, perdería la conciencia y se desmayaría. Cuando volvió usted de su pomposa cena, lo encontró tirado en el suelo. Lo único que tuvo que hacer fue llevarlo a la Biblioteca del Personal; era liviano como una hoja. No podía dejarlo donde estaba. Nadie debía relacionarlo con su muerte. Y tenía que haber una razón que justificase el ataque al corazón, para que nadie preguntara por la asfixia, el CO_2 y demás. Los estantes le vinieron de maravilla. No tuvo más que apoyarlo para que pareciese que le habían golpeado. Así no tendría nada que ver con usted. No era culpa suya, se lo había quitado de encima.

—Coker, está usted fuera de sí. Es un agitador conflictivo izquierdista al que acaban de despedir. Como la mayoría de la gente maleducada, está usted amargado y tiende a hacer acusaciones descabelladas.

—Soy un artesano. Sé hacer cosas. Usted solo las enseña. He terminado mi formación. No necesito su trabajo. Puedo conseguir otro. Pero no me gusta no enterarme de las cosas. Así fue como descubrí que se había expulsado dióxido de carbono en su biblioteca.

—La biblioteca está precintada por orden policial.

—No desde que han cerrado su sala de operaciones.

Era evidente que el Director no había contado con eso. Se quedó desconcertado, pero volvió a arremeter contra Len.

—Pero ¡usted no tiene la llave de mi biblioteca, de mi refugio personal!

—Tengo la de sir William. Usted mismo se la dio el viernes por la tarde. No hay otra explicación. ¿Lo había olvidado? Nunca la recuperó. Fue una torpeza. Jones me trajo todas sus llaves cuando lo llamaron a identificar el cadáver. De hecho, podría haberlas conseguido antes. Sir William no creía en los secretos, ni en tener a la gente al margen de las cosas. Jones lo sabía.

—Así que fue usted a husmear en mi biblioteca. Bueno, tal vez le interese saber que la policía llevó a cabo un registro exhaustivo, y en el informe no consta que hubiese ni rastro de dióxido de carbono ni de cualquier otra contaminación en el aire.

—Pues claro que no. Usted lo dejó salir. Fue por el otro lado e hizo un agujero en la ventana. ¡En su ventana! La he comprobado. Utilizó el truco más viejo del mundo para romper un cristal sin hacer ruido. ¿Dónde lo aprendió? Puso un cuadrado de papel adhesivo, de cualquier cosa adhesiva en el centro del cristal, y le dio un golpe brusco. El cristal se raja bajo el papel y se puede retirar con facilidad.

—¿Y, según usted —preguntó el Director—, dónde encontré un cuadrado de papel adhesivo en mitad de la noche?

—Aquí —dijo de pronto Waring. Sacó el librillo de hojas de pan de oro del bolsillo—. Usó usted las dos páginas centrales.

—¡Ah, mi libro de hojas de pan de oro! —exclamó el profesor. Era la primera vez que hablaba—. *Meine goldblatter!* ¡Me lo proporcionó el Museo para mi conferencia! ¡Se lo enseñé a usted, sir John, después de la rueda de prensa!

—¿Dónde lo ha encontrado? —preguntó el Director, volviendo su mirada vidriosa hacia Waring.

—En el escritorio de la señorita Rank. En el cajón de abajo a la derecha.

—¡Le dije que se deshiciera de él!

Waring apenas pudo reconocer su tono. Su habitual calma marmórea había desaparecido.

—No se deshizo de él —dijo—. Al final resulta que sí tenía una debilidad…

—Son pocos los que saben resistirse al oro puro —observó el profesor.

—… y luego olvidó dónde lo había puesto.

—¡Que la señorita Rank perdió algo! ¡Que desobedeció mis órdenes!

La traición de la señorita Rank había producido la primera grieta verdadera en el soberbio edificio de su amor propio. El Director metió las manos debajo de la mesa, tal vez para que no viesen que estaban temblando.

—¿Y dónde se supone que están ahora el cristal y las hojas de pan de oro? Supongo que la policía llevó a cabo un registro exhaustivo del patio, ¿cómo es que no encontró nada?

—Jones sí lo encontró —le interrumpió Len—. Él miró antes que nadie. Encontró el cristal y el papel, comprendió qué eran y vino a enseñárselo. Usted se lo quitó y lo empujó por la ventana.

—Intentó subir alto —dijo el Director en un tono aún más extraño— y desde lo alto cayó.

—¿Qué le importaba a usted que acabara reducido a papilla? —gritó Len—. ¿Qué más le dio que todo el personal del Museo se convirtiese en sospechoso de un asesinato que había cometido usted, solo por dinero?

—Si le propuse a sir William bajar a mi biblioteca, ¿qué podía tener eso que ver con el dinero?

—Estaba redactando un nuevo testamento, y usted lo sabía.

—¿Un nuevo testamento? ¡Debió de redactar una docena!

—Pero este revocaba la donación que le había hecho a usted para el Musco —exclamó el profesor Untermensch— y legaba el dinero de manera totalmente distinta. Le contó la idea. Se lo leyó y luego le propuso a usted una bromita.

«Esa mañana estuvieron charlando y riéndose», pensó Waring. «Todo el mundo en el Museo lo sabe.»

—¡Una niñería! —dijo el Director.

—Por supuesto. La niñez y la vejez están muy próximas. Le gustaban los juegos, o tal vez le gustara complacer a aquellos a quienes creía que les gustaba jugar. ¿No sería divertido esconder el nuevo testamento en alguna parte como en las novelas? ¿Esconderlo, tal vez, entre unos libros? Y usted aceptó, *ja*, sería divertido. ¡Muy gracioso! ¡Complació usted al viejo senil! ¿Por qué no esconder el testamento en su biblioteca personal? Esa copia, de eso estamos seguros, la destruyó usted cuando fue a encontrar el cadáver de sir William.

—Y, si es así —dijo el Director—, ¿qué otra copia puede existir?

Al cabo de un momento, oyeron un ruido que solo reconoció el Director: la risa del profesor. No sonó muy alta, pero llegó a ellos de manera incontrolable y rompió el silencio.

—¡Jua, jua, je, je! ¡Jua, jua, je, je!

La risa se apagó, y Untermensch añadió:

—Hemos podido descifrar la tablilla.

—¿Qué tablilla?

—La tablilla que hizo sir William Simpkin con este joven, Coker, y que pidió a este otro joven, Waring Smith, que ocultara entre los objetos de la Exposición.

—¡Esa! —exclamó sir John—. Esa tablilla no significa nada.

—¡Así que ha intentado descifrarla! —dijo Len.

—Puede que le haya echado un vistazo. De momento, parece haber desaparecido de la vitrina VIII.

—¡Una de las piezas de la Exposición! ¿Y no ha pedido usted una investigación? ¿Por qué? ¿Acaso tiene miedo de que la encuentren?

—Ya se lo he dicho, ¡no significa nada! Creo que es absurda. ¿Cómo se atrevió ese viejo loco a incluirla en mi Exposición?

—¿Y por qué no? ¡Sabía que su Exposición no era más que un montón de réplicas y falsificaciones!

—¡Lo sabía!

—Desde el primer momento. Por eso no se molestó en bajar a verla.

—¡Me engañó! ¡Nunca me lo dijo! ¡Cabrón mentiroso, Judas viejo y llorón!

Eso fue demasiado para Waring.

—¡No hable así de sir William!

Waring se levantó como un resorte, con su trabajo, su carrera y todas sus convicciones en entredicho, delante del gran Director. No hay nada como el lenguaje del corazón.

—Está muerto. Usted lo mató. No sé por qué. Pero no hable así de sir William. Cierre la boca o se la cerraré yo.

—*Schauen, bitte!*

La orden chillona del profesor Untermensch hizo que todos se volviesen hacia él. En la sala, casi a oscuras, la pequeña pantalla de demostración se iluminó. Muy ampliada, la imagen de la tablilla con sus ideogramas apareció ante ellos.

—Tiene usted razón, sir John, la inscripción no puede descifrarse —dijo el profesor, poniéndose en pie, y adoptando el tono imperioso de un conferenciante—, es decir, no del garamante. La solución, no obstante, me la ha propuesto el señor Coker, después de varias horas de trabajo intentando descifrarla. La clave no es fijarse en la pronunciación de los ideogramas, ni en el alfabeto en que los transcribimos, sino en los conceptos que representan los propios caracteres; fíjense bien —ordenó imperioso a su extraño público de solo tres personas. En la mezcla de acentos del profesor, la lectura de la inscripción sonó muy extraña—: «Cancelo y revoco todo el legado a sir John Allison. Dejo todo mi dinero para la admisión gratuita a las exposiciones y no descansaré hasta que esto se cumpla».[8]

8. La cifra se basa en un juego de palabras fonético intraducible: Al pronunciar en inglés el significado de los ideogramas («EYE / CAN / SELL / AND / RE / FOLK-HALL / BEQUEST / STEW / SURGEON / ALL / EYE / SUN / EYE / BEAK / WEAVE / ALL / MIME / HONEY / TOWARDS / FREE / ADD / MISSION / TOOTH / EGG / SEA / BEE / SHONE / SAND / EYE / WILL / NOT / REST / TILL / THIS / IS / DONE /), suena, más o menos, así: *I cancel and revoke all bequests to sir John*

—¡Pura palabrería! —gritó el Director—. ¡Farfolla ininteligible, sin testigos, sin la menor relevancia legal!

—Excepto como prueba de sus intenciones —replicó el profesor, colocándose ante la luz brillante del proyector—, pero no creo que sir William fuese tan idiota de confiar en esos medios. Eran, como hemos dicho, una pequeña broma entre ustedes. Sin duda descubrirán que depositó una versión totalmente correcta y legal de su testamento en, digamos, uno de los bancos de Zúrich.

—¡No tiene usted motivos para creer tal cosa!

—Pero usted sí, ¿verdad? —dijo Waring—. ¿No es esa la razón de que volara ayer a Suiza?

—Los bancos suizos no se andan con palabrería —dijo Len—. Serán bastiones del capitalismo, pero saben custodiar un testamento.

El Director apartó con dificultad la vista de la pantalla. Había estado mirando los ideogramas con una especie de náusea fría. Ahora pareció dominarse con un esfuerzo supremo.

—Aunque fuese cierto, aunque sir William me hubiese retirado su confianza y ya no quisiera que tuviese el control de las sumas que habría gastado de forma tan provechosa, incluso así, ¿qué pruebas pueden aportar de que yo planeé su muerte? ¡No hay ni una sola prueba material!

—Habrá como cien cosas que ha pasado por alto, amigo —dijo Len—. Puede que Jones le dijese algo a algún conocido antes de venir a verle. La botella de dióxido de carbono está vacía. Es posible que la policía aún no haya buscado huellas dactilares, pero lo hará cuando empiece la instrucción. Ya lo verá. Todo empezará a cerrarse en torno a usted.

—Habrá huellas en el pan de oro —dijo el profesor.

Allison. I bequeath all my money towards free admission to the exhibitions and I will not rest till this is done.

—Y en la pipa —dijo de pronto Waring—, estaba fumando, ¿verdad?, usted le dijo que podía, pero la pipa se rompió cuando cayó al suelo. No supo usted qué hacer con ella y le metió en el bolsillo los dos pedazos, para quitarla de en medio. Ese fue otro error. La policía se dio cuenta. Lo que querría saber es qué sintió mientras lo hacía. Él confiaba en usted.

—Tanto peor para él.

—Le caía usted bien. Le contó lo del testamento porque creía que a usted no le importaba el dinero y que lo entendería y le haría gracia la broma, mientras el Museo saliera beneficiado. Dejó que se asfixiara, le metió la pipa en el bolsillo y lo arrastró hasta la puerta de al lado.

—Esto no tiene nada que ver conmigo. Un gran museo es como un Estado soberano en guerra. Solo una persona puede decidir. Y sir William no era un hombre del Museo, para él la colección era solo algo para mostrar al público… Un bazar, un espectáculo para mirones, una cabina. No entendía el Museo como un gran imperio de objetos para conservar durante tiempo infinito en condiciones ideales, sin que nadie lo vea, sin contaminar, y que requería su dinero…, ¡todo su dinero! Me he pasado años dorándole la píldora y dejándole vivir aquí. No tenía ni idea de conservación… Al fin y al cabo, no era más que un arqueólogo, un excavador de tumbas. Si no hubiese clavado la pala en el suelo y sacado estos objetos dorados medio salvajes, nos habríamos ahorrado esta espantosa pesadilla de ahora, con el público invadiendo mi museo para ver una sala llena de basura fraudulenta. De eso es de lo que acuso a sir William. ¡Yo acuso! —Unas simas de odio cada vez más profundas se abrieron ante ellos mientras hablaba—. Pero hay cosas que lamento. No haber eliminado a un viejo malvado, no haber matado a un ser humano… ¡Ni su vida ni la mía podrían ponerse en la balanza ni un momento contra una simple *écuelle* de oro y plata de Charles Petit! No, no es eso. No…, lo que me reprocho es haber violado las normas de mi profesión al hacer algo para lo que no estoy preparado. Sé todo lo que hay que saber sobre porcelana francesa y plata. Pero no sabía cómo cometer un asesinato. ¡Sigo sin saberlo! ¡No es mi campo! El Director se había puesto en pie. Ya no temblaba. Tenía un arma en la mano, una pequeña pistola automática belga, brillante pero no dorada, un objeto precioso, como todo lo que tenía. Waring nunca había visto una pistola de cerca, solo en la televisión o detrás de un cristal en el Museo. Le sorprendió que el Director tuviese una. Tampoco había visto nunca un cadáver, ni presenciado un asesinato. Se oyó el golpe sordo de muebles al volcarse. Len, con su formación en Promoción de Conflictos, y el profesor, que se había criado en la Europa del Este, se habían tirado al suelo. El Director avanzó empuñando la pistola. Estaba completamente fuera de lugar. Reinaba el silencio, roto por algún suspiro ocasional, tal vez de Untermensch, pero era como si el despacho mismo estuviese respirando profundamente. Waring, como un buceador, sintió que sus sentidos estaban inmersos en lo que iba a hacer el Director. Cuando se oyó el disparo, no sonó tan fuerte como había imaginado, pero cayó al suelo como si le hubiese golpeado un tren expreso. No estaba muerto —disparar tampoco era el campo del Director—, pero sí herido. Cayó al suelo; debía de haberle dado en el hombro izquierdo, porque, aunque no le dolía, tampoco lo sentía. Se puso a gatas. Tenía que tirar al suelo al Director y lo único que siempre se le había dado bien jugando al fútbol eran las zancadillas. Y eso era falta. Intentó arrastrarse. Pero sir John, elegante y eficiente en todos sus movimientos, lo esquivó, y Waring, sujetándose el hombro, lo vio desaparecer, todavía con la pistola en la mano, hacia su ascensor particular.

A pesar de la rapidez del Director, el profesor se le adelantó, se puso en pie de un salto y salió corriendo, más deprisa que cuando daba vueltas al circo Splitov, para interceptarlo al llegar al pasillo. Waring se puso en pie despacio, consciente de la sangre que le corría, primero caliente y luego fría, por el interior de la camisa, y los vio a los dos cuando llegaban a la ventana de Jones; Untermensch alargó los brazos, asustado, y luego huyó, ahora perseguido en lugar de perseguidor. Waring no tenía ni idea de que pudiera ser tan ágil, ni de que el Director fuese capaz de correr. Cuando les siguió, aturdido, solo acertó a ver la espalda de sir John. Un momento después, vislumbró al minúsculo profesor, que dobló bruscamente a la derecha al llegar a la escalera central y luego giró en la primera curva como un hato de ropa vieja. Ahora no cabía duda; estaba aterrorizado. Sir John dudó solo un momento ante las puertas de su ascensor privado, y luego lo siguió por las escaleras.

«No volverá a disparar aquí», pensó Waring. «El disparo se oiría en todo el edificio.» Y de hecho había vuelto a guardarse la pistola en el bolsillo. Pero, incluso sin el arma, era un cazador. Mejor no ver la expresión de su cara.

Waring se agarró a la barandilla, mientras los escalones se alzaban hacia él como una bandada de murciélagos de mármol. Las pisadas continuaron. Sintió unas náuseas mortales. Habían bajado un piso. El cartel familiar, la mano que señalaba: XXXIII - LI: CERÁMICAS SIN ESMALTAR. Nunca muy visitadas, las largas galerías se extendían hacia delante, con los suelos bien pulidos. Jones siempre había dicho que si fuese más gente, se resbalaría. Y ahora, con espanto, Waring oyó una serie de ruidos, unos leves, otros estruendosos, a medida que sir John, en su persecución, tiraba las piezas de las vitrinas abiertas, estampando las vasijas de barro contra el suelo y pisoteándolas. Como el gran hombre que era, había enloquecido a lo grande. Los impecables puños de la camisa resplandecieron cuando, con gestos meticulosos, estrelló contra el suelo otra pieza valorada en 10 000 libras. Años de paciente trabajo, de hábil restauración, quedaron hechos pedazos. El Director los pisoteó hasta reducirlos a polvo. Cuando Waring llegó a la entrada, notó crujir el suelo bajo sus zapatos como en los terrenos de una feria. Luego una vasija gigantesca, que ya estaba en equilibrio precario sobre su soporte, se deslizó y le golpeó en el costado, cubriéndolo de la basura que habían echado dentro: colillas, papeles, folletos. Llovieron cientos de brillantes folletos amarillos, e, incluso en ese momento tan angustioso, el cerebro de Waring registró: «Ahora sé de dónde salieron».

Sir John siguió corriendo entre las hileras de vasijas indefensas. Al final de la galería se veía al pequeño Untermensch, que había vuelto a detenerse para implorar, pero esta vez no por él: le rogó al Director que perdonara la vida de los preciosos objetos. Un movimiento fatal en el que desperdició unos segundos vitales, y Waring, a cuatro patas entre la basura, intentó gritar para advertirle. Pero, en ese momento, un timbre de recordatorio resonó en todos los rincones del Museo y ahogó su voz. Faltaban cuarenta y cinco minutos para la Hora de Admisión Especial.

Manteniendo el equilibrio como un patinador, Waring trastabilló hasta la siguiente galería. No había nadie. Los dos habían desaparecido. Retrocedió. «Mira a ver en el pasillo», pensó. Y efectivamente, había alguien de pie frente a la ventana, que debía de quedar justo debajo de la de Jones, pero esta estaba abierta y, cuando sir John se asomó, se coló una racha de aire húmedo y gélido. Inclinado sobre el alféizar, el eminente maníaco tenía a Untermensch suspendido por las finas muñecas sobre el patio y se las frotaba en un movimiento de sierra contra el marco. La voz del profesor llegó muy leve:

—¡No me mate! ¡Solo yo sé leer garamante!

¿Le oyó? Sin duda era la súplica indicada, pero el rostro del Director, visto de perfil, le pareció implacable, como si rechazara una pieza que no estuviese a la altura de los estándares del Museo. Lo soltó con delicadeza, y con idéntica delicadeza se ajustó los puños de la camisa. Se oyó un espantoso grito, débil y agudo, en el aire oscurecido.

Sir John, con gesto satisfecho, se dirigió una vez más hacia su ascensor privado, pero Waring, aunque sabía que era demasiado tarde, se asomó a la ventana y miró hacia abajo. No pudo distinguir nada salvo un leve brillo, algo blanquecino tal vez. Lo que hubiese caído de esa altura no tenía salvación.

Las puertas del ascensor del Director se cerraron. «¿De qué sirvo?», murmuró Waring. El viejo y pesado ascensor público, poco fiable en el mejor de los casos, no se pondría en funcionamiento hasta al cabo de una media hora. Así que otra vez las escaleras.

—Espera, joder. Ya llego. ¿Dónde está? —Era Len. Waring casi se había olvidado de él—. He tirado por donde no era, pensé que habíais ido por Arte Oriental. ¿Dónde está el profesor?

—Aquí no —respondió aturdido Waring.

—Entonces, ¿dónde?

—Lo ha matado el Director.

Len se quedó petrificado. Vio la ventana abierta y lo entendió a la perfección. Luego juntó los dos puños en un gesto como si le retorciera el cuello a algún ser odioso.

—Lo has dejado escapar. ¿Dónde ha ido?

—Hacia la Exposición.

—¿Con la pistola?

—No la ha tirado.

—¿Estás seguro de que ha ido a la Exposición?

—¿Dónde va a ir si no? Tiene que estar allí.

A Waring le daba vueltas la cabeza. Con la ayuda de Len avanzó a mejor ritmo. Llegaron al pie de las escaleras a través de la falsa entrada dorada, las fotografías ampliadas, las tablillas, los recipientes sagrados, las joyas; tuvieron que esperar, debido a la barrera, para pasar uno por uno por la oscura entrada triangular a la tumba central. Waring notó que la sangre le corría por los dedos, aunque no demasiada. Mientras se abrían paso entre las vitrinas cerradas vieron al Director, que se apresuraba delante de ellos; se volvió, un foco lo iluminó, y apareció sin gafas, con los ojos claros y sin párpados abiertos como los de un ave de presa nocturna.

—¡Todo falsificaciones! ¡En mi Museo! ¡Réplicas! ¡Basura!

Y, alzando la pistola, gritó:

—¡Temed!

Waring se abalanzó sobre él, trastabilló y le hizo perder el equilibrio. El Director pareció saltar a un lado, salió despedido mientras se apuntaba a sí mismo con la pistola, disparó y cayó sobre la Tumba Dorada con tal fuerza que rompió el cristal central, el sarcófago de sal y el recubrimiento interior de juncos y basalto, y reveló, en lugar del niño rey, a un pequeño africano marchito y famélico, fallecido no hacía mucho y que no era más que piel y huesos, pues sin duda había muerto de hambre.

—Estás herido —dijo Len—. La verdad es que estás hecho polvo.

—Estoy un poco débil —admitió Waring mirándose los zapatos, que parecían estar llenos de sangre—. Pero esto es lo que hay. No me tenía que haber puesto el traje, eso sí.

—Bueno, la limpieza en seco hace maravillas —dijo la voz del profesor Untermensch—. A mí un mismo traje me ha durado varias guerras.

El profesor había entrado en la Cámara Funeraria y estaba de pie justo al otro lado de la puerta, empapado y arrugado... Pero ¿cuándo no lo estaba?

—¿Cómo es que no está muerto? —exclamó Len, en un tono de un profundo afecto.

Waring notó cómo cedía su resistencia. Las lágrimas brotaron en algún lugar detrás de sus ojos en respuesta al milagro.

—¿Cómo es que no está muerto? —repitió estúpidamente.

—He tenido más suerte que el pobre Jones. Caí en el agua. Por alguna razón había un tanque en el patio. Por suerte, la lluvia fundió el hielo. —Los ojos del profesor se posaron en el cuerpo acurrucado del Director—. Pero ¡estamos en presencia de la muerte! ¡Sir John ya no está con nosotros!

—¡Intentó asesinarlo! —interrumpió Len, pero el profesor se mantuvo imperturbable, y todos guardaron silencio un momento, como si su silencio fuese un homenaje.

—Oye, Len —dijo con esfuerzo Waring, que empezaba a sentir un intenso dolor en el hombro—. Voy a ir yo mismo a pedir un médico y a llamar a la policía, me dieron un número. Llamaré desde la garita de seguridad. Necesito saber qué vamos a hacer con la gente, con el público. Estarán aquí en media hora. Es el horario especial de apertura.

—Habrá que cerrar, claro —dijo Len—. ¡Todos los hombres del Museo sois iguales!

—No quiero. No podemos. Llevan seis horas haciendo cola, está lloviendo y empezando a nevar. Dices que soy un hombre del Museo, y él también lo era. —Ambos miraron el cuerpo retorcido del Director entre los fragmentos rotos de cristal y oropel—. ¡No pienso dejarlos fuera solo porque uno de los nuestros se haya vuelto loco!

—¿Dónde podríamos meterlo?

Len y Waring miraron a su alrededor y vieron al profesor tomando las medidas de un enorme sarcófago, que, aunque se consideraba que tenía un valor considerable, habían apoyado contra la pared para crear el ambiente indicado. Waring sabía que estaba etiquetado «Sarcófago sin datar, probablemente de un recaudador de impuestos».

—Podríamos dañarlo —dijo.

—Es una réplica —contestó Untermensch.

Len era muy fuerte, y el profesor era mucho más fuerte de lo que aparentaba. Entre los dos levantaron al Director, a quien le cayeron los brazos a los costados cuando lo sacaron de la vitrina como los de una marioneta o una muñeca de trapo, y lo arrastraron centímetro a centímetro hasta el oscuro rincón donde estaba el sarcófago. Waring sacó con torpeza un pañuelo del bolsillo de la chaqueta y con la mano buena lo extendió, recogió la pistola y la envolvió en él. La tapa del sarcófago se cerró con un crujido.

—¡Descanse en paz! ¡La vida del erudito es peligrosa!

Oyeron llegar, con pasos lentos, a los guardas del último turno, que se disponían a abrir el Museo.

—Ha habido un accidente —dijo Waring saliendo a su encuentro.

—Dios mío, señor Smith, ¡se ha hecho usted daño!

—Bueno, en cierto sentido, pero quien ha sufrido el verdadero accidente ha sido sir John Allison. Me temo que se ha desplomado. Sí, se ha desplomado de repente.

—¿Ha sido el corazón, señor?

—Su corazón se ha visto afectado por el accidente, sí.

—¿Quiere que llamemos a un médico?

—Pueden dejarnos eso a mí y al doctor Untermensch, que estaba presente cuando ocurrió el accidente.

El título de «doctor» fue muy eficaz; los guardas se tranquilizaron ante la sugerencia de que Untermensch era un médico cualificado; y, de hecho, pensó Waring, era muy probable que lo fuese.

—Sir John no querría que se cerrase la Exposición. Él ahora está descansando tranquilo. Dejen entrar al público como siempre, pero reténganlos un rato, mientras arreglamos las cosas.

—¿Cómo vamos a hacer eso, señor Smith? No tienen muchas ganas de colaborar. Llevan horas esperando bajo la lluvia.

Waring no pensó, más bien dejó que le llegaran las ideas.

—Al entrar, tienen que pasar por el Salón de Conferencias Ruskin, ¿no?

—Sí, está a la izquierda, nada más pasar el mostrador de la entrada, pero está cerrado, claro, está fuera de uso mientras dure la Exposición.

—Pues ábranlo. —Waring, por primera vez en su vida, vio que no le costaba dar órdenes, y que sus órdenes eran aceptadas sin discusión—. Ábranlo y desvíen la cola allí cuando entren. Caben trescientas personas, los demás tendrán que esperar un poco más. Dígales que antes de pasar a la Exposición van a oír una conferencia en honor...

—¿En honor de quién, señor Smith?

—En honor de sir William Simpkin.

—¿Una conferencia? ¿Y quién les digo que va a darla?

Waring dudó solo un instante.

—El señor Hawthorne-Mannering.

«Quiera Dios que esté aquí, pensó. Si está, tendrá que hacerlo. No podrá negar que está en deuda conmigo.»

—¿Les cobramos la entrada? —preguntó el guarda—. Es más probable que escuchen si han pagado.

—¿Es que la gente no escucha las conferencias?

—Bueno, no sé las del señor Hawthorne-Mannering, señor. No ha dado muchas conferencias. Dio una serie sobre acuarelas poco conocidas de la escuela de Suffolk. No asistió mucha gente.

Waring se quedó pensando.

—No, no les cobre. Es gratuita. Una oportunidad extraordinaria. Una conferencia que no volverá a repetirse. Eso nos ganará media hora.

Sin pararse a hablarlo más, corrió al teléfono de emergencias y marcó la extensión personal de Hawthorne-Mannering. Respondió una voz meliflua. Había vuelto. ¿Había llegado ya el Director de Suiza? Había pedido el alta especialmente para verle…

Waring tardó dos minutos en explicarle lo que quería, y en silenciar, mediante la presión moral más simple, el quejido lloroso al otro lado del teléfono. ¿De verdad tenía que dar él una conferencia sobre los garamantes?, imploró Hawthorne-Mannering. Sabía muy poco… No tenía material suficiente… En todo caso tendría que consultar a sir John…

—Eso va a ser difícil —dijo Waring.

—¿Está abajo, en la Exposición?

—Sí.

—¿Y ha pedido que yo haga esto?

—Lo pide la situación. Y está usted en deuda conmigo. Es más, sabe lo que voy a contar si no lo hace.

«Lo hará», pensó Waring al colgar. Los guardas estaban abriendo el auditorio de la Sala de Conferencias. Estaba frío como el noveno círculo del Infierno. Le dijeron que, a esas horas de la tarde, con la mayoría del personal fuera de servicio, era imposible calentarlo.

—Podrían poner un poco de música mientras esperan —sugirió Waring—, el sistema de megafonía del auditorio debería funcionar.

—No creo que haya ninguna cinta magnetofónica, señor Smith, solo esos tambores y cánticos garamantes. Recordará que vino usted de parte del Departamento de la Exposición y nos dijo que no los pusiéramos porque temían que afectaran a los nervios de la gente.

—Bueno, si no tenemos otra cosa…

—Podría inquietar al público. Asustar a los niños.

—¡Pónganlos! Pónganlos hasta que empiece la conferencia. Será una nueva vivencia para ellos. Y llame una ambulancia para que espere en la puerta de atrás.

Len salió de la sala de la Cámara Funeraria.

—El profesor está barriendo los cristales —dijo—. Ese hombre es increíble. Dice que está acostumbrado, que los nazis lo pusieron a barrer calles en Viena en 1937.

Así era. Untermensch, como por instinto, había encontrado el armario de las escobas, y estaba barriendo los cristales con movimientos expertos hacia un rincón. El ruido de los cristales sobre los tablones de madera era tranquilizador.

—Oye, Len —dijo Waring—, ¿cuánto tiempo se tardaría en reparar el Niño de Oro?

Len lanzó una mirada rápida, aunque profesional, al sarcófago roto.

—En primer lugar, no hace falta decir que tenemos que sacar a ese pobre esqueleto y darle un entierro digno. En la mezquita de Woking, si es posible. En cuanto a la parte exterior, la que ve el público, tendremos que hacer un armazón, digamos de alambre y escayola, el poliestireno no sirve. Luego habrá que decorar la parte exterior, dibujos a escala de los adornos a partir de lo que queda y de las ilustraciones, fotografías y demás... Luego se podrán empezar a transferir los patrones, que correspondan los colores será casi imposible; luego habrá que reducirlo todo, y por último el oro, claro, pero el oro apenas se ve por encima de la superficie... Digamos dieciocho meses, con suerte, o dos años.

—Dos años —dijo Waring. Sacó el librillo de hojas de pan de oro del bolsillo—. ¿Cuánto tardarías en repararlo para cubrir las apariencias solo por hoy, para las dos horas de apertura al público?

Len cogió el pan de oro y se lo pasó de una mano a otra mientras lo meditaba detenidamente.

—¿Podrías encontrarme unos periódicos?

—Creo que sí. No has respondido a mi pregunta. ¿Cuánto tardarías?

—Treinta y cinco minutos.

Waring fue a ver cómo iban las cosas fuera. Por lo visto, habían seguido sus instrucciones. Habían llamado a una ambulancia, habían quitado las barreras de contención y habían llevado a los trescientos primeros a la Sala de Conferencias.

—¿Qué hay de los demás? —preguntó preocupado Waring—. ¿Cómo están?

—Tranquilos, señor.

—¿Cree que se negarán a seguir esperando?

—¡Oh, no, señor, están deseando que llegue su turno! Para la conferencia. ¿No ve que oyen las risas?

—¿Las risas? ¿Qué risas? ¿Es que no ha ido el señor Hawthorne-Mannering?

—Sí, señor.

—Bueno, ¿y qué está haciendo?

—Actuando, señor.

Embargado de un súbito temor, Waring abrió de par en par las puertas de la Sala de Conferencias. En ese momento nadie se reía. Todo el auditorio, de arriba abajo, estaba lleno de rostros extasiados. En el escenario, Hawthorne-Mannering, casi desnudo, pintado y dorado como un antiguo garamante, con la cara horriblemente blanqueada, ejecutaba una danza ritual al son de un pequeño tambor que golpeaba con la palma y el canto de la mano. De sus labios salía un torrente de voces casi demasiado altas para el oído humano, que se alzaban y caían como el desquiciado chillido de un murciélago.

Sin perturbar la atención absorta del público, Waring se marchó después de unos minutos y volvió a la Cámara del Niño de Oro. El profesor, después de barrer a conciencia, se había tumbado a dormir en la silla del vigilante, cerca de la puerta. Sin duda estaba cansado, y la locura, la muerte y la destrucción no eran nuevos para él. Len había empezado a trabajar. Le hizo un gesto con la cabeza a Waring, dándole instrucciones sin apartarse de la vitrina central. Waring tenía que escurrir todo lo posible las tiras de papel de periódico que había empapándose en un cubo de agua para hacer una especie de *papier mâché*. Le fue pasando los puñados nada prometedores de material húmedo grisáceo y pegajoso a Len, cuyos dedos cuadrados parecían actuar como un organismo separado, moldeándolo en las grietas y rincones para restaurar la forma rota del sarcófago interior.

—No puedo hacer nada con el sarcófago de sal. Está barrido en un montón.

Waring cogió la cartela de la vitrina, le dio la vuelta, escribió «El sarcófago exterior está en préstamo temporal en el Museo Victoria y Albert» y luego volvió a su *papier mâché*. Tenía el hombro rígido y dolorido. Trabajó todo lo posible con la mano derecha.

—El papel tiene un poco de rojo. ¿Pasa algo?

—Sí, son las páginas de economía. Si consigo que pegue el pan de oro, no se verá. Pero la superficie está demasiado húmeda, no va a quedar muy bien.

—Son solo dos horas —dijo Waring.

Esclavo de su cubo, enjugó, retorció y escurrió, entregándose a la labor minuciosa de Len, que empezó a aplicar el pan de oro y a tirar, por costumbre, el oro sobrante al cubo de agua, para poder recuperarlo después. El profesor seguía durmiendo, el Director muerto continuaba apoyado en la pared en su siniestro ataúd, y el Niño de Oro, en todo su fantástico esplendor, fue renaciendo lentamente, pieza a pieza. Sus ojos dorados parecían parpadear, como si buscasen la Muñeca perdida.

Treinta minutos después, el ruido de la gente al levantarse de sus asientos y salir de la Sala de Conferencias chocó con las voces del personal de seguridad; todo el mundo debía volver a la cola. Desde el armario que tuvo que compartir con el profesor dormido, con Len, con la escoba, el cubo y los restos de papel mojado, Waring esperó estremecido al primer visitante. El efecto tranquilizador del trabajo duro había pasado, y estaba muy dolorido y muy asustado. Había atenuado la luz de modo que las piezas apenas se veían, pero incluso así había algo profundamente incongruente en el Niño de Oro que sin duda llamaría la atención hasta del observador más incauto. El Museo entero parecía estar conteniendo el aliento, esperando, con su fama y sus doscientos años de renombre en el fiel de la balanza.

Un hombre de familia, de mediana edad y aspecto paciente, que debía de llevar haciendo cola más de medio día, fue el primero en entrar en la Cámara con sus dos hijas exhaustas. Se apresuraron a doblar la esquina, contentos de escapar del ambiente desquiciado de la Sala de Conferencias. Haciendo caso omiso a las indicaciones de los carteles, que en cualquier caso eran casi invisibles a la tenue luz, fueron directos a la vitrina central para ver al largamente esperado Niño.

—Mirad, ¡oro auténtico! —dijo el hombre, volviéndose hacia las niñas boquiabiertas—. Casi parece nuevo —añadió—. Como si lo hubiesen hecho ayer.

Esta edición de *El niño de oro,* de Penelope Fitzgerald,
terminó de imprimirse el día 22 de marzo de 2024
en los talleres de la imprenta Kadmos, en Salamanca,
sobre papel Coral Book Ivory de 90 g
y con tipografía Adobe Garamond Pro de 12 pt.

PENELOPE FITZGERALD
LA LIBRERÍA

Traducción del inglés de Ana Bustelo
Posfacio de Terence Dooley

«El arte de Fitzgerald es comparable a esa antigua magia que, al mismo tiempo que nos ofrece una experiencia inusitada del mundo, nos convierte en agradecidos testigos de un pequeño milagro.»
—**Alberto Manguel**, *El País*

www.impedimenta.es

PENELOPE FITZGERALD
A LA DERIVA

Traducción del inglés de Mariano Peyrou
Prólogo de Alan Hollinghurst

«*A la deriva* es como uno de los buenos barcos anclados en el río, sólida y ligera a la vez. Una auténtica delicia de novela. Sus páginas destilan esa sabiduría de quien ha vivido mucho y sabe cómo contarlo.»
—**Sagrario Fernández-Prieto**, *ABC*

www.impedimenta.es

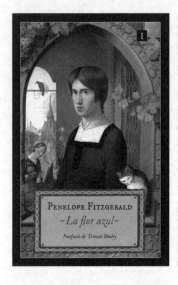

PENELOPE FITZGERALD
LA FLOR AZUL

Traducción del inglés de Fernando Borrajo
Posfacio de Terence Dooley

«*La flor azul* es un monumento literario en el
que confluyen la magia del primer romanticismo
y la maestría de la última Fitzgerald.»
—*La Nueva España*

www.impedimenta.es

PENELOPE FITZGERALD
EL INICIO DE LA PRIMAVERA

Traducción del inglés de Pilar Adón
Posfacio de Terence Dooley

«Espléndido relato realista y agridule sobre la corrupción zarista y la iniciación sentimental.»
—**Marta Sanz**, *Mercurio*

www.impedimenta.es